在地下城尋求邂逅是否搞錯了什麼 外傳

劍姬神聖譚 2

在街道、天空彷彿熾熱燃燒般染紅的景象中，
在朵朵火花灑落的水晶道路上出現一道身影。

大森藤ノ
Fujino Omori
插畫
はいむらきよたか
Kiyotaka Haimura
角色原案
ヤスダスズヒト
Suzuhito Yasuda

CONTENTS

芬恩・迪姆那
統率眾人的【洛基眷族】團長。種族是小人族(帕魯姆)。
「……」
「團長要被那群淫婦非禮了……!!」
蒂奧涅・席呂特
亞馬遜姊妹中的姊姊。愛團長芬恩愛得要命。

在地下城尋求邂逅是否搞錯了什麼　外傳
劍姬神聖譚 2

大森藤ノ

青文文庫

插畫　はいむらきよたか
角色原案　ヤスダスズヒト

序章
寢室的一幕

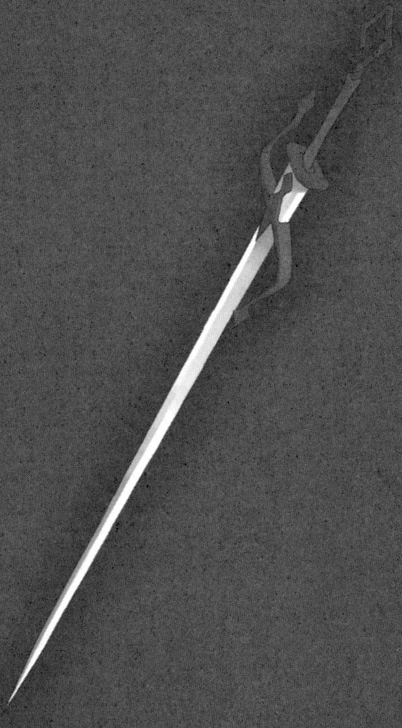

Гэта казка іншага сям'і.

Узнікненне ў спальні

這是個陰暗的房間。

光源只有掛在牆上的一盞小型魔石燈，牆角累積著陰影。飄散著淡淡石頭香氣，陰暗、潮溼的室內，唯一作為點綴的，只有搭配白銀、鐵礦加工製成的各項水晶飾品，這些掛在牆上或天花板的時髦裝飾品不時閃耀出蒼藍色光彩。

被燭火般微弱燈光照亮的有紅色地毯、木片編籃、小架子，以及做工粗糙的床鋪。

不久後，兩道人影走進了這個房間。

一人身穿全身型鎧甲（full plate），另一人則是穿著有些骯髒的連帽長袍把頭部遮了起來。他們沒有太多對話，將背包等行囊放在房間角落後，兩人便直接走向了木製床鋪。

拿下覆蓋整張臉的頭盔、脫掉包到腳尖的護脛甲，甚至連全身型鎧甲底下的襯衣都脫了下來，男性——體格結實的冒險者轉眼間就變得半裸。他留著下半身的褲子在床邊坐下。在他的身旁，身穿長袍的人逐漸露出了隔著外衣都能夠一覽無遺的豐滿雙胸與水蛇蠻腰。

「喂，快點脫吧。都到這個節骨眼了就別吊我胃口吧。」

「等等。別猴急。」

面對男人藏不住興奮的聲音，對方以缺乏起伏的高亢聲調回答。纖纖玉指從長袍開始褪去一件件衣物，最後解開了老舊的髮帶，讓長髮於背後散落開來。

那是名冶豔的美女。

軀體描繪出曼妙曲線，只要是男人都會想撲上前去一親芳澤。飽滿的雙峰挑逗著情慾，線條流暢的臀部不容分說地勾起色慾。腰線頗高，柔韌肢體一路細到了指尖。與她沉穩的氣質舉止正好相反，水嫩肌膚散發出藏不住的女色魅力。

坐在床邊的男人本來就受到她煽情肢體的吸引。女子拿下連衣帽後露出的臉龐更是讓他倒吸一口氣。

魔石燈光在美貌上面形成陰影，看得男子喉嚨咕嚕作響，聲音在整個室內迴盪。

「為什麼長得這麼漂亮卻要把臉遮起來？」

「這是免得動不動被你這樣的男人糾纏不休啊。」

男人已經陶醉其中，連這樣的淡淡回答都讓他笑了出來，並將女子一絲不掛的腰身摟向自己。

男人抱住她柔軟的身子，並直接這樣將她壓在床上。

燈光照出兩道重疊在一起的人影，木頭嘎嘎作響。

「剛才說到一半，你說你接了什麼委託？」

正要辦事之前，女子開口說道。

男子本來要親吻仰躺的她，這個時候他停下動作「喔，」了一聲，頓了一下才低聲說：

「是個奇怪的委託。要我到第30層把一個莫名其妙的東西帶回來……」

男性冒險者彷彿正在回想什麼、視線朝上。

女子默不作聲，仰望著他個頭絕對稱不上高大的強健體魄。

「哎呀，我忘了這是機密。麻煩當作沒聽見吧。」

「是嗎……」

女子說完後便與男人視線交纏，並將手伸向他的臉頰。

她先是以指尖若即若離地撫觸男人的臉頰，接著將手流暢地滑向頸子。

接著，一口氣用力握緊。

「!?」

五根手指陷進男人鍛鍊過的頸子裡。因為對方全裸、空手而失去戒心的男人滿臉驚恐、表情驟變，儘管伸手抓住了對方的手指，不過女子纖細的手臂卻是文風不動。

她不把激烈的抵抗當成一回事，驚人的握力讓脖子發出了嘰嘰聲響。男人的眼睛滿布血絲、嘴唇一張一合，不停地漏出嘶啞的聲響。

女子不帶感情地看著男人痛苦掙扎的模樣，接著——啪嘰一聲。

男人的頸骨就這樣輕易折斷了。

「……」

女子用粗魯的動作把無力癱在自己身上的男性冒險者甩到一旁。業已斷氣的男人屍體滾落地上發出了鈍重聲響。

任由微弱燈光舔舐著自身肌膚，她靜靜地起身，一雙長腿從床鋪上站起來。腳邊的屍體瞧都不瞧一眼，便逕自往房間的角落走去。

女子赤裸著身子走到男人的行囊（背包）旁邊毫不客氣地翻開裡面的東西。

翻翻找找了一會兒……女子的手突然停住了。

「……沒有。」

自言自語後，停下動作的女子重重地咋舌一聲。

她咬牙切齒地瞪向男人的屍骸。女子眼神顯得憤恨、無法掩飾其內心煩躁，接著她像是爆怒般站起身來。

女子粗暴地走向屍體，然後——

嘎啦。

被踩爛的男人頭顱噴出了大量鮮血將房間染得通紅。

在地下城尋求邂逅是否搞錯了什麼 外傳

第一章

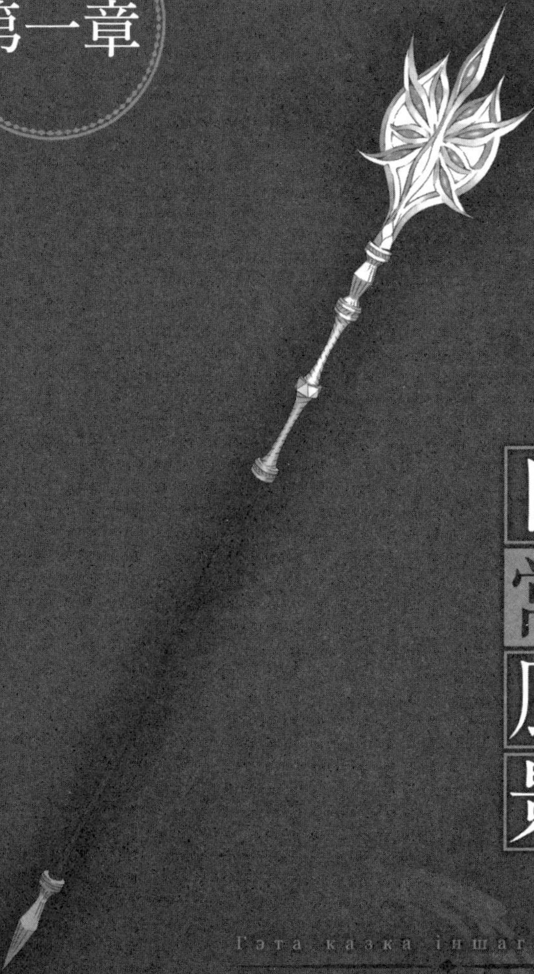

日常風景

Гэта казка іншага сям'і.

кожны дзень пейзаж

「鏗、鏗」，現場響起敲打金屬的聲響。

周圍頻頻傳來尖銳的敲擊聲音。狂亂躍動的聲響後只見眩目的火花四處飛散，同時朝著四周各處迸放閃光。

能夠不時聽見冒著斗大汗珠的壯丁們揮舞著鎚子出聲吶喊，這個被稱為鍛造坊的場所果真名符其實。在寬敞屋內的牆邊共有四座爐火熊熊的大型鐵匠爐正冒著火紅烈焰，讓屋內充斥著悶熱的空氣。

獸人與矮人工匠揮動鎚子，同時一旁像是見習生的小人族（帕魯姆）少女則是抱著木柴、工具忙得不可開交地到處跑來跑去。

「唔喔喔喔喔喔喔！大切斷（亞馬遜），給我去死吧啊啊啊啊啊啊啊啊啊！」

在某個作坊的一隅，五個大男人正湊在一起合力搥打著特大號的超硬金屬（堅鋼）。這群人交互舉高、揮下彷彿連大型級怪獸腦袋都能夠敲碎的巨鎚（hummer），讓堅硬無比的金屬變形，並逐步去除其雜質。

學到了「鍛造」能力的他們其雙手與手上的巨鎚邊緣都帶有薄薄一層紅光——有點類似可以目視的光膜——，透過片刻不停的動作將昇華氣息打進其中，將眼前的金屬塊提升為更高層次的「武器」。

受到大夥兒尊敬、仰慕並尊稱為「師傅」的高級鐵匠（high smith）頭子，其吆喝聲可凶悍了。

耳朵聽到的怒吼是針對自己那個年輕的女性朋友，當中還混雜了不眠不休帶來的怨恨。

縮著身子的艾絲正佇立在一位神物跟前。

「真沒想到五天就報銷了……」

聽到鍛造之神古伯紐沉重又無奈的語氣後，艾絲的肩膀震了一下。

個頭不高這點讓人聯想到矮人族，不過體格健壯、模樣看似初老。這尊男神瞥了她的臉色一眼，然後嘆了一口氣。

時間是怪物祭(Monster Philia)結束後的隔天早上。

為了領回託人維修的愛劍《絕望之劍》，艾絲此時來到了【古伯紐眷族】的根據地(總部)「三鎚鍛造坊」。這間寬敞的平房同時也是工作室，艾絲他們站在房裡面的中心位置。在他們周圍的鐵匠(smith)團員們一大清早就開始滴著汗水幹活，有人專心鍛鐵、有人調節爐火、有人則是確認張貼在告示牌上的武器委託書，大家都各忙各的。

在忙進忙出的他們圍繞下，艾絲接過《絕望之劍》，並在同時將之前維修期間跟古伯紐借來的代用劍——細劍(rapier)還給了對方。

不過，這把劍的劍身已經悽慘碎裂、成了一塊殘骸。

「妳們真的很會虐待鐵匠鋪耶。」

「……對不……起。」

站在古伯紐的對面，艾絲低眼看著放在檯子上曾是細劍的物體，而且還沮喪地低下頭來。聽到天神把她和最會弄壞武器的同伴蒂奧娜拿在一起酸，她只能用小到幾乎要聽不見的聲音道歉。

代用劍在怪物祭與逃跑的怪獸激戰時碎掉了，如今化為無數碎片散落在檯子上。任誰來看都知道，這把只剩劍柄還留有原形的細劍是不可能修好了。一把武器承受不住劍姬的劍技與「魔法」，下場就擺在眼前。

【洛基眷族】怎麼又來啦。遭到周圍工匠們投以疲憊視線，艾絲感到滿心歉疚。

「……那個，要多少錢？」

「差不多四千萬法利吧。」

——砰！「四千萬」這幾個字發出巨響直接砸在艾絲的頭頂。

她撫摸著被數字砸痛的頭頂……心想這下子應該會有一陣子都得鑽進地下城裡面賺錢還債了。

看著雙臂抱胸、口中盡是無奈話語的古伯紐，覺得過意不去而感到沮喪的艾絲心想：

恐怕還要再等一段時間才能夠向白兔致歉了。

刀刃破風之聲響起。

斬擊後晚一拍響起的細微風切聲證明了舞劍的速度與鋒利度。僅僅一挺軍刀在刺骨的清晨空氣中刻劃出好幾重銀色軌跡。

在這個東方未明的時段，艾絲一個人在總部中庭展開每天例行的揮劍訓練。

¥40,000,000

這個早晨的揮劍訓練沒有任何人交代艾絲，是她從九年前自己開始的。或許是為了讓劍技精益求精，她日復一日地反覆練習，只要人在總部，她幾乎每天都會進行。跟在地下城達成的戰果相比，這種技術的鑽研顯得微不足道，不過她沒有一天偷懶。應該說她無法偷懶才對。因為跟許多人一樣，艾絲最害怕的事情就是停滯不前、無法前進。

縱砍、橫斬、斜劈，為了將使用細劍時產生的誤差修正回來，她駐足在綠草茵茵的中庭一隅持續揮響著愛劍（絕望之劍）。將下半身的動作控制在最小範圍，宛如擺弄指揮棒的指揮家一樣，她獨自一人演奏著劍閃的曲調。

俄頃，告知日出的光線通紅照亮了逐漸泛白的都市（歐拉麗）東方天空。

最後艾絲把劍向上一揮發出「咻」的一聲，將庭樹落下的一片綠葉一刀兩斷，然後收劍入鞘。

「……？」

結束鍛鍊的艾絲察覺到有視線在注視著自己。

回頭一看，精靈少女蕾菲亞佇立在塔樓通往庭園的出入口附近，一對杏眼睜得大大的。

彷彿看著艾絲的劍舞看到出神，胸前抱著厚重書本的她站在原地不動，直到艾絲看見她的身影，她才倏然回過神來，然後帶著笑容拍起手來。

「剛、剛才真是太精采了，艾絲小姐！我一不小心就看入神了，都忘了要向您打招呼了！」

「呃……謝謝？」

艾絲微微偏著頭回答她的讚美。每天的例行公事受到稱讚，這點讓她不知道該做何反應。

蕾菲亞似乎有些興奮、染紅雙頰走了過來，她蔚藍色的瞳眸閃閃發亮，並以尊敬的目光對著艾絲。

「您真的這麼一大早就開始練劍呢……所以艾絲小姐才會擁有過人的實力……我也得向您看齊才行！」

蕾菲亞斷言自己親眼目睹的長期鍛鍊就是造就艾絲人稱【劍姬】實力的主因之一，並在語尾加重了語氣，下定決心要好好精進自己。

看到少女晚輩這副模樣，艾絲嘴角綻放出微笑。

「艾絲小姐的劍術是向誰求教的呢？就我一個魔導士都看得出您的劍風相當凌厲呢……」

「……應該是，爸爸吧。」

視線游移的艾絲稍微思忖片刻，接著輕聲解答她的疑惑。

「您的父親……對了，艾絲小姐的雙親現在都在……？」

就在蕾菲亞講到一半時，一道聲音從其他方向叫住了她。

「蕾菲亞。去書庫拿個書怎麼這麼久。」

「里、里維莉雅大人……」

新來到中庭的是與蕾菲亞同樣身為美麗精靈的女性，里維莉雅。

一見到艾絲配劍的模樣，尖細耳朵露在翡翠長髮外的她隨即明白一切，並嘆了一口氣。

「可沒有時間讓妳看艾絲鍛鍊看到恍神喔，妳也有修練課程要上。我要帶妳練到早餐時間為止。艾絲，晚點見了。」

「艾、艾絲小姐〜……」

蕾菲亞被里維莉雅拖著離去了。艾絲對抱著書一臉不捨的她輕輕揮手，要她好好加油。

看來蕾菲亞也有她的訓練課程，正在請里維莉雅傳授她魔法。看她們那樣，恐怕已經徹夜未眠了。才在幾年前，艾絲也有過類似的處境——受過嚴師灌輸冒險者的知識技能（know-how）——，知道里維莉雅的指導相當嚴格（斯巴達）。

她有點感慨地回憶著過去，加油……，她再度暗自激勵著蕾菲亞。

隨後艾絲也拿著劍從中庭返回塔內。

沖澡洗去汗水的艾絲信步走在總部的狹窄走廊上朝著大餐廳前進。

餐廳裡面已經有幾名團員正在把早餐料理與盤子擺上餐桌。從廚房傳來的香味大大刺激了艾絲一早就開始活動的胃。偷偷一瞧，今天的菜色好像是使用了豐富蔬菜的湯與沙拉、蔬菜與鹽漬肉類的三明治，還有放了蔬菜的歐姆蛋。前兩天【狄蜜特眷族】送來的大量蔬菜大顯神威。不過，那個派系的蔬菜很甜，艾絲很喜歡吃就是了。

擔心自己吃不完的艾絲也加入其他人的行列，若無其事地幫忙擺盤子。

她把各種餐具依序擺在長方形餐桌上，然而……

「唔喔！艾絲小姐，您什麼時候來的！」

「謝謝您幫忙，不過我們來就可以了！」

團員們感謝著艾絲，同時婉拒了她的好意，並說這樣太不好意思了。就像在對待深居皇宮的公主殿下一樣，他們用委婉的態度疏遠了艾絲。

他們應該是不好意思讓派系幹部處理這些雜務吧……然而，團員們的這種距離感又跟蒂奧娜他們不同。如果說她沒有因此感到寂寞的話一定是騙人的。

也許是心理作用，艾絲的肩膀似乎有點頹喪地下垂。

「蒂、蒂奧涅小姐，早餐我們弄就……」

「團長的早飯，要・由・我・來・做！你們不用插手，閃一邊去！」

眼角餘光瞄到了蒂奧涅窩進廚房、推開團員、勤奮做早餐的模樣。看到她跟大家和樂打成一片——艾絲看起來是這樣的——，艾絲覺得蒂奧涅好厲害，同時她也這樣被大家溫和地趕出了大餐廳。

「嗚……」

「？」

沒事可做的艾絲在走廊上面閒晃，正巧碰上了出現在轉角的狼人(werewolf)伯特。他碰到艾絲的時候嚇了一跳，嘴角正輕微痙攣，露出一看就知道是勉強裝出來的笑容。

「……妳、妳好啊。」

起初伯特有點僵硬的態度讓艾絲感到疑惑，不過她立刻想起了原因。

是因為酒館「豐饒的女主人」那件和白兔有關的事。當時的艾絲的確對伯特的辱罵動了肝火，再加上她後來的心情有點低落，好像沒有跟他講到幾句話。

艾絲知道伯特那個時候酒喝多了，所以——雖然好感度略微下降——她已經沒有把那件事情放在心上了。

因此，她原本想回一聲「早安」，但是……

「早安——艾絲！」

「唔喔！」

一把推開伯特的蒂奧娜從正面抱住了艾絲。

微微後仰的艾絲愣了一愣，蒂奧娜面帶笑容抱住她的身體，並回頭看向背後「嚕——！」的一聲吐了舌頭。不理會咬牙切齒發出嘎嘎聲響的伯特，她拉著艾絲的手說走就走。

「艾絲——，跟那個狼男講話沒啥好處啦，我們走吧？」

「喂，給我站住！我都聽見啦，洗衣板！」

「不准叫我洗衣板——！」

「那、那個……」

「——一大早吵什麼吵！你們幾個，不要在走廊上面大聲喧鬧！」

之後矮人格瑞斯把艾絲他們念了一頓，直到開飯都沒有停過。

「來，團長。這是我的愛情料理(親手做的)，請多──吃一點喔。」

大餐廳進入了早餐時段。

大夥兒各自伸手去拿熱呼呼的湯或是軟嫩的歐姆蛋，只有坐在上座的【眷族】團長，小人族芬恩的面前放著以整條巨大魚類烤成、充滿野性風味的女戰士(亞馬遜)料理。

這是擁有龐大身軀與歪扭、堅固鱗片而經常被誤認為怪獸的魚類──巨黑魚。這種魚可以在歐拉麗西南方的半鹹水湖捕獲，時常可以在都市市場上見到。眼前擺著明明還是幼魚卻超過一M(米度)的整條烤魚，小人族少年一語不發、眼光開始飄遠。

被心情大好的蒂奧涅強迫吃魚的他遭受到有如集中砲火般的同情目光。

「艾絲，妳今天有預定要做什麼嗎？」

「嗯，我想想……」

有五十名以上團員集中在一起用餐，大餐廳裡面人聲嘈雜。

四面圍繞著眾人的交談聲，蒂奧娜一邊拈起艾絲給她的三明治往嘴裡送，一邊問她問題。

「前天我把人家的劍弄壞了，所以得賠償才行……」

「您是說慶典時用的那把細劍嗎？」

艾絲點頭回應身旁的蕾菲亞。

她有點難為情地將昨天與古伯紐的對話——自己這一陣子打算鑽進地下城賺取所需資金的事情告訴了蒂奧娜她們。

「那我也要去！照艾絲的個性，她一定打算一個禮拜都窩在地下城吧？」

「可是，蒂奧娜……」

「不要緊，不要緊！我也得存錢請人家重新打造大雙刃（烏爾加）啊。」

「如、如果不會妨礙兩位的話，也請讓我幫忙！」

蒂奧娜提議一起賺錢，而輸人不輸陣的蕾菲亞也表示願意幫忙。因為自己的不注意而把蒂奧娜她們牽扯進來，這點讓艾絲十分過意不去，不過既然兩人都這樣拜託自己了，她也不好意思出言拒絕。

最重要的是兩人的這份善意讓她純粹地感到喜悅。

「……嗯，那就，拜託妳們了。」

看到艾絲垂著眉毛微笑，蒂奧娜與蕾菲亞也對她報以笑容。

「這樣可能要離開總部蠻久的，是不是要跟芬恩他們說一聲比較好？」

「說得是。儘管距離下次『遠征』還有段時間，不過要是得在地下城逗留一段時日的話，最好還是跟洛基或團長申請一下。」

而且不講一聲就跑去地下城會害人家擔心的。蕾菲亞如此回答蒂奧娜。

就在三人討論著大致逗留時間、探索日程的問題時，周圍有些人開始離席。用完了早餐，團員們陸陸續續離開了餐廳。

忽然，艾絲這個時候才發現洛基沒來餐廳。每次只要主神現身，氣氛就會變得熱絡起來，不過她今天沒來共進早餐，這點讓艾絲產生了疑惑。她並沒有聽說洛基又喝酒喝到宿醉這類的消息啊。

「妳們講什麼講這麼久？」

「啊，蒂奧涅小姐。」

「我們在說三個人要去地下城待一禮拜賺點零用錢——。蒂奧涅要不要一起去？」

餵完芬恩吃飯的蒂奧涅來到艾絲她們身邊。

她把芬恩堅稱無法吃完的整條烤巨黑魚——心儀對象吃剩的——吃得盤底朝天，看起來心情極佳，不過一聽到蒂奧娜說要去賺武器的錢時，她馬上明顯皺起眉頭來。

「一個禮拜？才不要呢，要離開團長那麼久。」

看到親姊姊還是老樣子，蒂奧娜低聲說出了鬼點子。

「難得有這個機會，那就問問看芬恩要不要去好了。」

「真是拿妳們沒辦法耶，我也跟妳們一起去吧。要感謝我喔。」

見到蒂奧涅頓時有意同行，艾絲與苦笑的蕾菲亞面面相覷。

【洛基眷族】的總部「黃昏館」一如「長邸」這個別名，是以許多高層塔樓集合而成。中間是最粗、最巨大的中央塔，周圍則是有總數七座的尖塔圍繞著。

這些高度、形狀各異其趣的尖塔下半部是相通的——只有圓環型中庭環繞的中央塔巍然獨立——上半部有石塊搭建的空中走廊延伸至其他塔樓，得以讓人在各塔之間往來。這些塔分成男性用三座、女性用四座。書庫、大餐廳等公共設施並非集中在一處，而是分散在各塔中，說得明白點，就是沒有半點秩序、極其混亂的意思。

在這些塔中，芬恩的個人房間與辦公室位於正北方的塔中。

「芬恩——，我進去囉——？」

敲了兩下門後，蒂奧娜打開雙扉門。艾絲、蕾菲亞、蒂奧涅也跟著走進房內。

與芬恩個人房間相連的辦公室——【眷族】領袖的房間相當寬敞。室內裝潢有填滿整面牆壁的書櫃、彷彿鮮豔花冠的地毯，還有直長型的大座鐘（落地鐘）。即使待在這間以茶色為主要色調、風格沉穩的房間裡面，白色的石砌暖爐依然令人感到賞心悅目。

芬恩位在室內後方，坐在與他小個頭不搭調的大張辦公桌後頭。

「妳們怎麼了？這麼多人一起跑來？」

「啊，里維莉雅大人……您也在啊？」

芬恩正在審閱成堆的文件，里維莉雅也待在他的身邊。

用完早餐後，他們倆似乎為了處理派系的行政雜務而一起待在房間裡面。輔佐少年團長的【眷族】副團長隻手拿著羊皮紙望向艾絲她們。

「算是商量吧，有件事情想要跟芬恩說。」

「嗯——，可以請妳們等一下嗎。很快就告一段落了。」

聽到蒂奧娜的請求，依舊埋首文件的芬恩這麼回答她。

他持續動起羽毛筆流暢寫下像是簽署用的文字，接著又從站在身旁的里維莉雅手中接過新的羊皮紙。

大家稍等了一會兒，艾絲趁這時候環顧了辦公室。大座鐘內部安裝了像是魔石的結晶，伴隨著鐘擺的滴答聲，現在顯示的時間為九點半。接著她把目光轉向書櫃的另一頭掛在暖爐上頭牆壁的紡織畫（壁毯）。

圖案是一名披甲女子身邊圍繞著槍矛等許多武器。

使用了許多金絲銀線織成的掛毯上面繡著一尊女神的畫像。

這是小人族篤信的虛構女神「菲亞娜」。她是久遠「古代」某個騎士團擬神化下的產物。

艾絲也知道，該騎士團是小人族最初也是最後的榮耀——同時她也知道，自從真正的「諸神」降臨下界後，她（菲亞娜）的信仰一口氣衰退，而失去心靈依靠的小人族也跟著迅速沒落。

直至今日，許多領受了「神的恩惠（Pharna）」的其他種族陸續建功立業、威名遠震世界各地，不過卻很少聽聞到小人族有什麼名聲。艾絲曾經聽說，芬恩就是為了復興種族才會來到歐拉麗的。

他總是毫無顧忌地稱自己為「庸俗之輩」，說自己是為了追求名聲才會與洛基締結契約，並來到被稱為世界中心的這座迷宮都市。

從堂而皇之掛起紡織畫這點就可以得知芬恩並沒有捨棄菲亞娜信仰。竟然允許堂堂派系領袖信仰自己以外的神，可見得主神(洛基)算得上是寬宏大量，或者應該說沒有把尊敬神祇這個問題看得太重要。其實艾絲也明白，那尊主神絲毫無意要求眷族成員崇拜自己。

也可能因為是芬恩，所以洛基才會允許他這麼做吧。

望著房間正面深處掛在辦公桌少年背後牆上面露滑稽笑容的小丑(trickster)——徽章旗幟，艾絲心裡正想著這些事情。

「好，讓妳們久等了。妳們想跟我說什麼？」

「是這樣的，蒂奧娜她們想要暫時外出探索地下城，於是想問團長如果方便的話要不要一起去……」

蒂奧涅迅速走上前去向工作告一段落的芬恩如此解釋。

聽到她們請求准許逗留迷宮，而且還找自己同行，他便以「嗯，好啊。」這番話爽快地答應了。

「我最近正好也想找個機會鑽進地下城。偶爾也想要無拘無束地好好探索一下嘛。」

芬恩笑著說，自己身為派系領袖，「遠征」時總是得統率團員，有時候也很想感受一下私人探索迷宮的樂趣。「那芬恩也決定加入囉——」，蒂奧娜笑容可掬地這麼說，而蒂奧涅也自動決定加入了。

「難得有這個機會，里維莉雅要不要也一起來？最近妳都忙著處理雜務吧？」

「……也對，讓我參加吧。我們離開總部時，不好意思，就麻煩格瑞斯代理了。」

里維莉雅也答應芬恩的邀約，這下子包括艾絲她們在內就有六個人了。

除了蕾菲亞外，其餘五名隊員都是第一級冒險者，可說是一支豪華的小隊組合。

「啊，這件事情不可以跟伯特說喔！他聽到了鐵定會跟，跟了又愛囉嗦。」

蒂奧娜好像還在為早上的事情記恨，並不懷好意地笑著叮囑大家。

芬恩他們苦笑之餘，也覺得派系主力一下子全部外出不太妥當，於是沒有人對此有異議。

「那大家各自準備，正午在巴別塔集合吧。」

「喔——！」

蒂奧娜與蒂奧涅高高舉起單手，艾絲與害臊的蕾菲亞也學她們稍稍舉起了右手。

里維莉雅閉起雙眼將事情交給大夥決定，於是所有人一致同意芬恩的提案。

在無數冒險者熙來攘往的西北大街，「冒險者街」。

早晨的藍天灑下陽光，把各種各樣的鎧甲照得閃閃發光，亞人(demi-human)們手忙腳亂為了探索迷宮做準備。大道上面的商店拉起鐵門、敞開沉重的大門，彷彿在揮手招攬這些客人一般。潛伏在昏暗後巷的小販手上拿著詭異藥品、臉上掛著笑容叫住了經驗尚淺的少女。一些急著趕路的人撞上了對方的肩膀，怒罵聲不絕於耳。

面對今天照常打算鑽進地下城的冒險者們，路上呈現出一幅熱鬧景況。

「阿蜜德，給我高等靈藥(high potion)！我要最有效的，多來幾瓶！」

「我也要跟蒂奧娜一樣的……五瓶。還要魔法靈藥(magic potion)。」

「好的。」

在裝飾著光球、藥草的徽章，潔淨純白的建物內。

蒂奧娜與艾絲站在多數櫃檯的其中一個前面買東西，招呼她們的是一頭銀白長髮的少女，阿蜜德。她從背後櫃子上面一大排的各色瓶子中選出幾種，一瓶瓶放在櫃檯上面。呈現群青色、柑橘色的各種靈藥(potion)將艾絲與蒂奧娜的容貌反射在溶液當中。

「各位預定本日前往地下城進行長期探索嗎？」

「嗯，蒂奧涅跟蕾菲亞……還有芬恩跟里維莉雅也一起。」

「阿蜜德，妳有沒有什麼想要的東西？我想我們至少會到達第30層，妳跟我們說，我們去幫妳拿來！」

「可以嗎？那麼……可否麻煩各位幫我採幾片白樹葉(white leaf)呢？」

蒂奧娜與艾絲正在【迪安凱特眷族】的診療院採購道具(item)。蒂奧涅她們也有拜託兩人買東西，兩個女生看著羊皮紙便條，除了靈藥外又買了許多其他東西。

想在難以補給物資的地下城長期逗留，就必須備齊超過需求量的武器、道具與物資。即使會增加一點行李，也必須做到有備無患，這就是冒險者的教戰守則。

跟阿蜜德交往親密的艾絲與蒂奧娜爽快答應了她的請託，並購買了堆積如山的大量道具。

「雷諾娃，打擾了。」

「啊啊，里維莉雅，妳來啦。……哎唷，小姑娘也跟來啦。」

「好、好久不見了。」

從西北大街彎進後巷、走進深處。步下通往地下的階梯、打開腐朽的木門，進入了一家詭異的商店。

室內寬敞、陰暗。固定在牆壁的架子上面放有裝了蛇、蜥蜴、蠍子等可怕生物的瓶子，被垂掛在天花板上的魔石燈宛如火球般照亮了四周。店裡後頭有一口黑色大鍋，不知道正在熬煮什麼並冒出紅色的熱氣。蕾菲亞好像還不習慣這裡，惶恐不安地在店內四處張望，這個時候櫃檯後方的老太婆把法杖遞給了里維莉雅。

「魔寶石都換好了嗎？」

「全都備妥了，全都照妳的要求換上最高級（特製）的石子了。真是的，不知道妳是去『遠征』還是怎樣，竟然弄壞了四顆魔寶石……」

儘管身穿黑色長袍、一頭白色長髮與鷹勾鼻的店主嘴上絮絮叨叨地念著，不過滿是皺紋的嘴卻露出笑意。里維莉雅從她手中接過了拿來維修的白銀長杖，並用雙手持握、低頭仔細端詳。法杖上面的九顆寶石綻放著光輝，同時也反射出連女神都會為之嫉妒的王族（high elf）美貌。

先不論打擊用的種類，魔導士專用的法杖無法在一般武器店買到。與刀劍這類的肉搏戰武器性質不同，提高「魔力」來調整「魔法」威力的魔導士用杖，其製作者也必須精通魔法才行，因此能夠製作的工匠相當少。經手魔法相關物品的人物被稱為魔術師(mage)，換個說法，就是專門打造法杖的鐵匠。

魔術師親手製作的法杖會使用精靈森林的許多聖木或特殊金屬、礦石為原料，藉以提升魔導士的能力。其中以不存在於自然界、只有他們才有辦法製作的五顏六色魔寶石最能夠大幅提高魔法效果。一把法杖有沒有裝上這類寶石，其性能將會有天壤之別。蕾菲亞此時拿在手上的愛用法杖前端中心也安裝了一顆綻放出蒼白光輝的魔寶石。

在這間放了奇怪品項的店裡擺滿了足以引起魔導士興趣的短杖還有木杖。正當蕾菲亞四處張望、看看有沒有其他貴重道具時，她發現櫃檯後面放了一本書。

「咦！……那、那個難道是魔導書(grimoire)嗎！」

「啊啊，妳發現了啊。沒錯。」

店主對驚愕的蕾菲亞點點頭。那本封面雕刻著複雜花紋的厚厚書本能夠讓人強制學會「魔法」，是塞滿了「奇蹟」的貴重書籍。在這世界上，能夠做出這種書的人已經所剩無幾了。

「雷諾娃，難道是妳做的嗎？」

「咿嘻嘻！怎麼可能。我不是那麼了不起的魔術師。是我在魔法大國(亞爾特拿)認識一個熟人，並靠著老交情分到一本啦。」

店鋪主人用令人存疑的口氣回答里維莉雅的問題。

高位階的魔導書不只可以讓人學會「魔法」，還能夠以一定機率擴充欄位數。魔法欄位的上限是三個，儘管無法變得更多，不過原本欄位只有一個的人會變成擁有兩個欄位，兩個的人則是會變成三個，可以增加每個人天生固定的魔法使用數量，這就是魔導書的交易價格比一級裝備還要高的理由。

眼前這本魔導書似乎正在拍賣，價格牌子重寫了好幾次，目前價位已經來到天文數字。

「哎，不過能夠使用四種以上魔法的妳們、是用不到這玩意兒吧。」

絕口不提自己出身背景、所屬派系。這位有如魔女的店鋪主人看看蕾菲亞與里維莉雅後掀起了嘴角，擠出大大的皺紋。

「魔法大國那些人可是把妳們當成眼中釘唷。」

「連、連我也是嗎！不是只有里維莉雅大人嗎？」

「小姑娘不是更誇張，被取了個千什麼(Thousand)的綽號嗎。咿嘻嘻！走夜路時可要小心喔。」

「不要多嘴威脅人，雷諾娃。蕾菲亞也別當真。走了。」

「還真是冷淡耶，里維莉雅……呵呵，謝謝惠顧。」

拉著咕嚕一聲嚥下口水的蕾菲亞，里維莉雅在發出詭異笑聲的店主目送下離開了店鋪。

白色大理石建造的公會本部門廳。

面對大街的大神殿與外頭街道不相上下，全被冒險者擠得水洩不通，芬恩與蒂奧涅走到了巨大告示牌的前面。

「偶爾也接點一般的冒險者委託(quest)吧。難得有這個機會，就隨心所欲做點冒險者該做的事情好了。反正妳們也需要錢對吧？」

「是的。艾絲跟蒂奧娜好像都得償還武器費用。艾絲已經夠誇張了，我那個笨蛋老妹更是離譜，也不考慮一下就讓人家打造超硬金屬(堅鋼)製武器……她好像因此欠了一大筆債呢。」

「這麼一來最好選擇報酬優渥而且還能一次處理好幾件的單純委託……選擇怪獸討伐類的冒險者委託應該會比較好吧。」

為了看看有沒有冒險者委託能夠趁著探索地下城的時候順便解決，芬恩與蒂奧涅在公會告示牌前面東張西望起來。貼滿了羊皮紙的告示牌上張貼出許多委託，像是收集特定怪獸之「掉落道具」、護送商隊(caravan)等等，也有許多跟地下城無關的委託內容。

「哦，這個好像挺有意思的。」

「哪個？」

「迴盪迷宮的歌聲……請找出下層區域歌聲的主人……哦，不同於怪獸的吼叫聲，而是會令人聽到入迷的美妙歌聲啊。唱歌的是人族還是怪獸，亦或是地下城本身……上面還寫著委託人(client)因為太在意這點了，晚上都睡不著覺呢。」

「不可以，團長。這類委託一看就知道很麻煩。報酬也少得可憐，我們沒有空去解決這種事情啦。」

「妳還真是不懂浪漫呢。」

聽了蒂奧涅的諫言，芬恩聳起肩來。按捺不住的探求心不就是擔任冒險者的妙趣所在嗎？小人族少年露出了相應於少年的笑容。

後來，他們從告示牌上撕下幾張委託書向公會窗口提出申請。經歷過避免重複承接委託的手續後，芬恩一行人提出的冒險者委託所有權便隸屬於他們了。只要像這樣正式受理委託，日後再把證物——或是收集物品——連同契約書一起交給窗口的話，便可以領取委託人交給公會保管的報酬。

此外，只要完成越多經由公會下單的官方委託，所創下的功績就會受到認可而間接影響到【眷族】等級的升降。每份冒險者委託都有設定不同的難度，只要處理這些委託，冒險者隸屬的派系就會受到公會評價。

向辦理手續的服務小姐道謝後，芬恩與蒂奧涅便前往同伴預定集合的巴別塔。

「啊！芬恩跟蒂奧涅來了。」

「我們是最後啊。抱歉讓大家久等了。」

位在廣大的中央廣場（Central Park）、矗立於中心位置的摩天樓設施（巴別塔）幾十M外的闊葉樹叢一隅。

待在樹蔭下的艾絲她們看到扛著長槍的芬恩，以及一邊同樣揹著背包的蒂奧涅。對著倚靠的闊葉樹蹬了一腳，蒂奧娜興高采烈地拿起自己的巨大武器。

蕾菲亞與里維莉雅拿起了法杖，而艾絲也確認了一下佩在腰際的『絕望之劍』觸感。

「大家好像都準備齊全了呢。差不多該走了吧。」

「嗯。好久沒有就我們這幾個人鑽進地下城了。」

「嘿嘿——，我可是還沒去就已經興奮得要命呢——」

「妳要克制一點，知道嗎？」

芬恩、里維莉雅說完話後，蒂奧涅一臉拿蒂奧娜沒轍的模樣對著優哉游哉的她叮囑了一句。

蕾菲亞看著她們噗哧一笑，然後便轉向艾絲說：

「我也會好好努力幫上大家的。」

「嗯，謝謝妳，蕾菲亞……一起加油吧。」

艾絲對她回以微笑，然後跟大家一同抬頭仰望上方。

拔地參天、伸向高遠蒼穹的摩天樓。仰望著美麗莊嚴的白牆巨塔一會兒，就聽見東方傳來正午報時的大鐘聲響。

彷彿被都市澄澈的鐘聲推了一把，艾絲一行人邁出腳步往巨塔門前走去。

「……」

黃昏館的中央塔，最高樓層。

在塞滿酒瓶、珍奇道具的私人房間裡，洛基一個人不發一語專心看著情報紙。

這種商人或部分【眷族】所販售的成疊羊皮紙卷軸上面刊登著許多用通用語（Koine）寫得密密麻麻的報導篇章。其中有些報導還會附上精美插畫，或是大膽顯目的標題、妙趣橫生的文章內容，以上種種的精心設計都勾起了消費者的購買欲望。

在一半版面滿是天花亂墜八卦新聞的情報紙上，洛基用雙眼掃過怪獸在街頭作亂的插畫寫照——前兩天怪物祭的相關文章。

「嗯～……每份情報紙的內容都大同小異啊。」

坐在椅子上的洛基將情報紙往桌上一扔。桌上除了剛看完的這份外，還攤開了幾份卷軸。而每一份卷軸幾乎都有配上插畫，並用斗大篇幅刊出了怪物祭的意外事故。

【迦尼薩眷族】處理不當、都市外密探襲擊，還有任性天神為了自娛而犯案……怪獸在祭典進行到一半時逃走，並造成都市居民人心惶惶的案件，儘管各家報章都有對此進行種種臆測，不過卻沒有一篇報導刊出洛基想要看到的資訊——即食人花怪獸的相關情報。

「嗯……」，雙手在後腦杓交疊的洛基低頭看著桌面、若有所思地將視線轉向天花板，然後不慌不忙地站起身來。

她走出房間、步下螺旋階梯。經過空中長廊、走進其中的一座塔。

洛基經過每個房間前面看看有沒有人在，像是在蹓躂似地走著，最後來到了團員們時常聚集的會客室。

「喔唷，就伯特一個人啊？艾絲美眉她們咧？」

「……說是去地下城了。好像把芬恩他們也拉去了，三、兩天內不會回來啦。」

在這間面對走廊、時常被當成談話室使用的房間裡，伯特一個人躺在沙發上。他瞥了一眼洛基後繼續躺在那裡，並用態度粗魯地回話。

「怎麼，你被丟下來啦？」

「並不是好嗎！」

伯特撐起上半身粗聲粗氣地吼著。他擺出來的瞪人眼神好像在說「少說蠢話了」，而且還抬起尾巴「啪！」的一聲往沙發上重重一拍。他這種態度看起來反而像是惱羞成怒。「好啦好啦。」，洛基說出了這番話來安撫他。

然後，她問伯特今天有什麼預定，回覆是「……沒事做啦。」。他先是沉默片刻，接著把頭轉往其他方向。

「……欸，伯特，不好意思，今天可不可以陪我一整天？」

「啊？」

看到伯特像是在說「妳想幹嘛啦」的訝異表情，洛基回答說：

「我想要調查一下。」

第二章

案情發生

Гэта казка іншага сям'і.

ўваходжанне

艾絲一行人按照預定於正午時分從巴別塔出發。

一進地下城，「哥布林」與「地靈」馬上冒出來，又馬上被打跑。配置在前鋒的蒂奧娜、艾絲沿途看到敵人見一個砍一個，看到牠們瞬間淪為刀下亡魂，大概是領悟到無法匹敵吧，阻擋她們的怪獸數量一路驟減。周圍的冒險者也好像不想跟她們扯上關係，全都消失不見了。

艾絲一行人沒兩下就越過「上層」，走到了「中層」的第17層中途區域。

「啊——，還是要有大雙刃(這個)比較踏實呢——」

「蒂奧娜小姐，請人家重新打造的武器已經完成了嗎？」

「嗯，〖烏爾加〗第二代！剛出爐熱呼呼的喔——！」

聽到蕾菲亞這樣問，蒂奧娜輕鬆轉動著單手握著的大雙刃〖烏爾加〗回答。出發探索前從【古伯紐眷族】領回來的超大型專用裝備(客製品)讓她開心不已。

劍身厚度比以前那把稍微增加，似乎也有提升了鋒利度。拿著這把製作費用超過艾絲〖絕望之劍〗的高級鐵匠力作，蒂奧娜把魯莽跳出來的老虎怪獸「獠牙獅虎」一擊砍倒。

「我都能夠想像【古伯紐眷族】有多辛苦了……」

蒂奧涅邊嘆氣邊從怪獸屍骸中摘出「魔石」。

她揹著筒狀背包跟兼任支援者的蕾菲亞一起收集戰利品。在芬恩與里維莉雅悠閒的旁觀下，她從艾絲屠殺的獠牙獅虎身上取得了藍紫結晶與掉落道具「獠牙獅虎的毛皮」。

為了籌錢賠償代用劍，艾絲必須多打幾場戰鬥，不過真正的戰場不在這裡，而是更深的樓層

「下層」以及「深層」。

基本上，地下城的樓層越深，怪獸實力就越強；不過相對地，能夠取得的「魔石」純度（品質）就越高，「掉落道具」也能夠當成珍品賣個好價錢。憑艾絲他們這些第一級冒險者的實力，與其留在中層賺錢，還不如到下層或深層探索還比較有效率。

身為目標金額的四千萬是一條漫長的路。悄悄給自己加油打氣的艾絲以前往下層區域為第一目標帶頭領著小隊前進。

「樓層主（哥利亞）沒有出現耶，被別人打倒了嗎？」

「嗯——，好像是里維拉鎮的冒險者全體出動解決掉了。說是會阻塞交通。」

經過大型小隊也能夠通行的洞窟狀巨大通道，艾絲一行人抵達了第17層最深處的大空間。蒂奧娜與芬恩正在交談，兩人的視線前方沒有看見阻擋冒險者去路的「迷宮孤王（Monster rex）」，而是有諸如「彌諾陶洛斯」的許多怪獸取而代之在廣大的空間裡面橫行。

艾絲一行人一直線穿越少了房間主人的大廳。蒂奧涅與芬恩也加入戰線，將來襲的怪獸逐一打倒，不擅長肉搏戰的蕾菲亞也在里維莉雅的指導下用杖術一邊陷入苦戰一邊擊退怪獸。

不久之後，一行人走進大空間深處牆上空出的洞窟——通往下一層的甬道。

「嗯~，終於可以休息了——」

穿過呈現斜坡的洞窟，蒂奧娜像是鬆了口氣般伸了個懶腰。頭頂上灑落的和煦光芒以及樹木稀疏生長的森林入口迎接著來到第18層的艾絲一行人。

溫和柔光與新鮮空氣跟充滿怪獸的地下迷宮十分不搭調。這個樓層讓人產生了回到地表的錯覺，和艾絲他們以前「遠征」時利用過的第50層一樣，這裡是地下城裡面其中的一個安全樓層（safety point）。

「這層樓每次來都好漂亮喔。」

「嗯，是啊……」

也許是出於愛好森林等自然環境的精靈天性，蕾菲亞表情變得柔和起來，而艾絲也對她點頭表示贊同。

一行人在森林裡面前進，樹皮長滿青苔的雄偉大樹與清冽的潺潺小溪映入一行人的眼簾。

「現在……看來是『白晝』呢。」

里維莉雅用手遮光仰望著上方。

繁密枝葉形成的遮蔭有一塊較疏落，在森林裡面形成一大片向陽處。從該處往上看，樓層天花板上面叢生著無數水晶。

中心位置有許多有如太陽般耀眼的白水晶塊，其周圍則是有散發著柔和光芒的藍水晶群。這些水晶讓人聯想到綻放的大朵菊花，各自熠熠生輝，使得第18層明明位於地下卻擁有一片「天空」。這樣的地下城神祕現象總是吸引住許多冒險者們的目光。

這片水晶構成的地下「天空」，其水晶亮度會隨著時間經過而會降低，進而形成「早晨」、「白晝」、「夜晚」等時段。而且時段的變化也並非固定，會跟地表的時段一點一點產生誤差，而時差時大時小，隨時都會變動。

Copyright ©Kiyotaka Haimura

會發光的美麗水晶可以說是第18層的特色。不只是天花板，整個樓層的各個角落都有生長這種水晶，而艾絲一行人目前行進其間的森林也在地面裂痕長出的藍水晶照耀下染成了靛藍色。

「欸欸，大家打算怎麼做？要直接前往第19層嗎？」

「先去里維拉鎮一趟啦。得將一路上收集到的這些掉落道具賣掉，不然行李一下子就滿了。」

在亞馬遜姊妹交談的同時，一行人從目前所在的南方森林往樓層西部——地下城內的「城鎮」前進。

第18層是冒險者在地下城初次造訪的安全樓層，因為這個樓層放眼望去的地形尤其優美，所以又被稱為「迷宮樂園(Under Resort)」。

從位於南邊的甬道洞窟越過森林北上，首先出現在眼前的是各處散布著水晶的大草原。

在樓層中央地帶拓展開來的翠綠原野與晴朗無雲的地下蒼穹相映成趣，稱得上壯觀無比。一株巨樹從草原中心拔地而起，被稱為中央樹，樹根下空出了個樹洞，可以從這裡前往第19層。

北方是宏偉的溼地區塊，從南到東整片都是蒼翠的森林，西方則是有蔚藍的湖畔還有浮在湖面上的大島。壓倒性的廣大樓層幾乎可以將半座都市(歐拉麗)盡收其中，置身於夢幻水晶與神祕穹蒼懷抱的大自然就在這裡生生不息。甚至有個富豪只為了親眼一睹這片明媚景緻——這座地表上無從邂逅的地下樂園而特地委託冒險者護送自己前來此處觀光。

岩石峭壁環繞著圓形樓層給人一種巨型造景庭園的感受。走過用大原木架在湖畔做成的便橋，艾絲一行人來到了島上。一行人一面從高處眺望樓層景觀，一面往目的地邁進。

「啊——，感覺好久沒來這座城鎮了呢——」

蒂奧娜面對正前方說著，前方是彷彿切下大陸一角的高聳、巨大島嶼，而那座「城鎮」就建造在島的頂端附近。

用木頭柱子、旗幟做成的拱門寫著「里維拉鎮」。

這是抵達中層區域之高級冒險者們負責營運的地下城旅店城鎮。

這座城鎮的起源原本是過去公會為了更有效開拓未抵達樓層這個目的而在地下城計畫設置的大規模中繼據點，後來計畫因為來自其他樓層的怪獸斷斷續續入侵，再加上需要大量人員與防衛費用——第三級以上冒險者的雇用費——等龐大開銷（成本）而遭遇挫敗，不過卻有一群冒險者擅自接手並打造該地，成了現今的這座「里維拉鎮」。

「那個，我早就覺得好奇了……門（這裡）上寫的三百三十四這個數字該不會是……」

「嗯，是『里維拉鎮』從開始到現在的重建次數。目前是第三百三十四代……也就是說，過去這裡曾經毀滅過三百三十三次。」

「三、三百三十三次……」

聽到里維莉雅回答，仰望拱門的蕾菲亞嚇呆了。

儘管是不會有怪獸誕生的安全樓層，不過這裡畢竟還是地下城，究竟何時會發生突發的異常狀況（Irregular），這點誰也說不準——事實上每當發生異常狀況時，「里維拉鎮」總是難逃一劫——每當冒險者們一察覺到危機，就會立刻放棄這座城鎮返回地表。

等到一切全部被搗毀後，他們便會回來這個樓層重建城鎮。

不像公會必須死守、維護並耗費巨資的補給基地，他們在這個方面的做法與公會並不相同。這座彷彿象徵了貪婪冒險者頑強性情的城鎮，也有人懷抱著夾雜侮蔑與驚詫的讚賞，稱這裡為「世界最美麗的流氓城鎮（rogue town）」。

「別呆站在原地，快進去吧？我也想喘口氣。」

在蒂奧涅的呼喚下，艾絲一行人踏進了城鎮。

城鎮位於面對湖泊的島嶼東部，位在高度少說有兩百M的斷崖頂端、四面環繞著用水晶、岩石地形打造而成的城牆。隨處擱置的岩塊既厚且高，足以抵禦怪獸的襲擊。

穿過拱門，帳棚、小木屋、攤販型態的許多商店闖進艾絲一行人的眼裡。這些店家像是層層重疊般搭蓋在斷崖斜坡上，全都是利於城鎮重建的低成本店面，幾乎沒有一棟稱得上是建築物的屋子。

儘管鎮上的樸素景觀宛如部落，卻因為有周邊生長的白水晶、藍水晶柱的光彩點綴而顯得華美燦爛。加上附近還有蔚藍湖水與樓層絕景，無論從哪裡眺望都能夠盡收眼底，街景本身稱得上美不勝收。

經過活用天然洞窟搭建而成的酒館時，蕾菲亞開口確認今後的預定行程。

「到收購站賣掉魔石與掉落道具，然後……」

「住宿呢？又是像以往那樣到森林露營嗎？」

「嗯——，這次就利用一下鎮上的旅店吧。畢竟我們也沒有攜帶野營裝備。」

「可是，團長……在這裡住宿一個禮拜要花上很多錢喔？畢竟這裡是里維拉啊……」

鎮上除了武器店、道具店外，還有用魔石等物品換錢的收購站。不用說，鎮上的每家店都是只以冒險者為客，同時物價也高得嚇人。

一套隨身口糧或是二手的單手劍就要價五位數以上，真想讓人大喊「坑人啊」。這些售價高出地表數倍的品項都是吃定冒險者在地下城無法輕易補給物資這點。不愧是冒險者（同業）經營的城鎮，乍看之下景色怡人，不過實際上卻是一幅吃人不吐骨頭的蠻橫光景。

當然，旅店也不例外。

「蒂奧涅好小氣喔——。又不會怎樣，偶爾嘛——」

「不准說我小氣！妳做事太馬虎了！」

聽著蒂奧娜與蒂奧涅對話，芬恩忍不住笑了出來並提議說：

「沒關係啦，旅店費用我出就好。聽說艾絲妳們必須存錢嘛。」

「……對不起，芬恩。」

因為住宿費實在太昂貴，大軍「遠征」時艾絲他們總是過「里維拉鎮」之門而不入，不過這次就在團長慷慨的一句話下決定在此投宿。

艾絲愧疚地道歉。「反正我只有這種時候才有機會用錢，沒關係啦。」，芬恩則是笑著對她這麼說。

「……」

「里維莉雅……？」

跟芬恩道謝後，艾絲無意間發現里維莉雅一個人默不作聲。

她環顧著到處可見水晶藍白光彩的美麗街景啟唇說道：

「鎮上氣氛有點不對勁。」

「經您一說，人似乎有點少……」

聽到里維莉雅這樣說，蕾菲亞也舉目四望。

跟艾絲他們擦身而過的冒險者少到一隻手就能夠數完。儘管在入口附近還不會注意到，然而一來到位於城鎮中心的廣場，就會發現路上行人少得可疑。

這裡是不會有怪獸誕生的安全地帶，又是地下迷宮唯一的城鎮，探索第19層以下樓層的大多數冒險者都會把里維拉當成據點。包括酒類在內的昂貴嗜好品，還有不用特地回到地表也能夠處理戰利品的收購站，儘管這些地方經常引人非議，不過還是會有長期逗留地下城的冒險者們頻繁光顧。

雖然這座地下城的城鎮不是永遠門庭若市，不過路上行人總是紛至沓來、人聲鼎沸，如今卻如此安靜，到了冷冷清清的地步。

設置在懸崖邊的廣場，周邊是一圈以生鏽劍柄、槍柄做成的欄杆，視野遼闊，艾絲站在這裡與蒂奧娜、蒂奧涅、蕾菲亞面面相覷。

「呃……該怎麼辦？」

「先找家店進去吧。試著跟鎮上居民接觸看看，順便收集一下情報。」

芬恩回答蒂奧娜。跟著手持長槍的他，艾絲一行人離開了廣場。

仔細一看，有不少店家放著商品不管，老闆不知道上哪去了。發現一處收購站帳篷裡還有店主，他們便走上前去。

「現在方便嗎？」

「嗯？喔喔，這不是【洛基眷族】嗎。來光顧的嗎？」

「嗯。」，芬恩回答看起來閒著沒事的亞馬遜店主。小帳棚內以長櫃檯區隔內外，店主所在的內側放著像是象牙的成把怪獸獠牙，還有裝滿了亮晶晶寶石的大瓶子等等，滿滿都是從冒險者那裡買下的物品。

眼角餘光瞥著蒂奧涅、蕾菲亞把身上的魔石和掉落道具交給店主，芬恩用閒聊的語氣如此問道：

「鎮上看起來跟平常不太一樣，發生什麼事了嗎？」

「……喔，你們才剛來到鎮上嗎？」

女店主一邊鑑定魔石一邊瞄了艾絲她們一眼，接著受不了地說：

「有凶殺案啦。聽說鎮上發現了冒險者的屍體。」

包括芬恩在內，艾絲他們全都瞠目結舌、滿臉驚恐。

不用等艾絲他們催促，她皺著眉頭解釋說：

「好像是剛剛發現的，鎮上就這麼丁點大，話題一下子就傳開了，幾乎所有人都跑去看熱鬧啦。鎮上竟然鬧出凶殺案，自從以前兩個笨蛋酒醉鬥毆後同歸於盡以來，有一陣子沒有發生過這種事了。」

手指彈了一下綁成辮子的頭髮，亞馬遜店主吐了一口氣。

芬恩又向裝扮有如舞孃的她問道：

「確定是遭到某人殺害嗎？」

「誰曉得呢。我只是聽到其他人在吵鬧，詳細情形並不清楚。」

「妳知道屍體是在哪裡發現的嗎？」

「就在這上頭威利開的旅店。那邊應該擠滿了人，去了應該就能馬上找到吧？」

最後回答里維莉雅的提問後，店主默默地進行鑑定，並支付了魔石與掉落道具的收購價。價格低到像是連情報費用都包含在內似的。

艾絲等人沒說什麼便把戰利品通通賣掉，接著便走出了帳篷。

「……該怎麼做呢，團長？」

「既然要在鎮上（這裡）投宿，就不應該事不關己。去看看吧。」

如此回答蒂奧涅後，芬恩邁出腳步。他們依照聽到的情報從懸崖邊緣擠滿商店的現在位置往城鎮上方走去。

島嶼頂端附近往湖泊方向有個斜面，「里維拉鎮」的地形含有許多斜坡與高低差。在無數水晶、草木圍繞下，艾絲等人登上城鎮居民鋪設的圓木階梯。

等到走過城鎮的中心地段，一行人終於發現那些不見人影的冒險者們。

人群聚集在不怎麼寬廣的小巷子，在某個洞窟的入口前擠成一團。此時斜靠在牆邊的看板上以通用語寫著「威利旅舍」。

女店主口中的旅店應該就是這裡了。

「嗚哇——，看這個樣子好像擠不太進去……」

「沒有辦法進入旅店嗎？」

眾多亞人形成人牆，看來不容易擠進去。只聽見四處傳來議論紛紛的聲音，而蒂奧娜與蕾菲亞也伸長了脖子。就在這個時候，芬恩有了動作。

「我去看一下。里維莉雅妳們待在這裡。」

他活用小人族的嬌小體格鑽過人群腳邊一路滑進人牆深處。「哦哦——」，艾絲與蒂奧娜深感佩服，只有蒂奧涅一個人激動起來。

「團長！請等一下！——喂，你們這些人讓開啦！」

「噫！【洛基眷族】……!?」

面對蒂奧涅凶神惡煞的臉色與叫罵，冒險者們全都往左、右讓出了一條路。

害怕得讓路的他們讓艾絲等人覺得有些尷尬。在急躁的蒂奧涅帶頭下，一行人穿過了人群。

洞窟入口站著幾名像是看守的冒險者，不過也許是被芬恩說服了，沒說什麼就讓艾絲等人進入旅店。

以天然洞窟作為旅店的「威利旅舍」中有條艾絲她們五個人橫著一字排開也能夠輕鬆通行的寬廣通道蜿蜒著通往店內深處。天花板也很高挑，洞窟特有的封閉感不是很明顯。

走進入口的附近放了個像是櫃檯的長形檯子，周圍牆壁設置了幾支燭台型魔石燈，看起來像是花了點錢買的。還有三把短劍像觀賞用畫作般以相同間隔裝飾在牆上。鋪在腳下的毛皮地毯似乎是怪獸的掉落道具。

光是這個寬敞的入口大廳就可以看出「威利旅舍」在「里維拉鎮」裡面算是比較高檔的旅店。在外露的石牆與長在牆壁裂縫的藍水晶包圍下，艾絲她們與率先往前走的芬恩會合並前往旅店深處。

通道左、右兩邊有幾個縱深洞穴，每個洞口都掛著帷幕——胭脂色花樣的布帛。探頭看看，裡面放了床鋪的空洞，看來這塊帷幕就是用來代替客房的門。艾絲等人發現某個房間有三名冒險者在入口前待命，於是便上前拜託驚慌失措的冒險者們讓他們踏入室內。

「……！」

一進入房間，艾絲一時之間說不出話來。

位於洞窟最深處的房間染成一片通紅。一具失去頭顱的男性屍體悽慘地躺在地上。

這是一具經過鍛鍊、肌肉突起的褐色肉體，只有下半身穿著衣服。草率攤在地上的手腳彷彿訴說著男人受過的苦痛。頭部似乎被人踩碎，脖子以上像是炸開的果實，無從判斷生前容貌。淡紅色的肉片與腦漿漂蕩在大片血海當中。

「別看，蕾菲亞。」

艾絲以不容分說的口氣擋住蕾菲亞的視線，不讓她看見屍體。將狼狽的她趕到背後，艾絲重新環視整個房間。

原本紅色的地毯浸到血泊而變成紅黑色，木片編籃、小架子、床鋪都被飛濺的鮮血噴到。眾人帶進來的好幾盞魔石燈照亮了長方形房間的每個角落，內部裝潢如今被漆上了慘不忍睹的色彩。裝飾在房裡的許多水晶裝飾品滴著即將乾涸的紅淚。

「好噁……」

蒂奧娜眉頭緊蹙地低語，室內兩名男性聽見了這番話回過頭來。

兩人中的一人跪正在遺體旁邊檢查現場，一看到艾絲他們，他的粗眉毛吊了起來。

「啊?喂，你們幾個，這裡禁止進入耶!那些看守都在混啊!」

「嗨，柏斯。不好意思，打擾了。」

芬恩一副熟悉情況的態度向氣憤的人類男性出聲說道。

對方是個肌肉隆隆的大漢。面孔凶惡加上黑色眼罩，一副絕非善類的模樣，而且魄力十足，見者都要退避三舍。上半身穿著無袖戰鬥衣(sleeveless battle cloth)，露出了賁起的肩膀與腹肌。

柏斯・埃爾德。

此人是在這座「里維拉鎮」經營收購站的高級冒險者。他總是大言不慚地說「我的東西是我的，你的東西也是我的」，是這座城鎮真正的老大。

集合各【眷族】冒險者建立的「里維拉鎮」並沒有公會相關人士或是領主等人物存在。在這座不願受擾人規則束縛、我行我素做買賣的流氓城鎮，需要的東西——為了作威作福所必須做的事情——就只有能夠讓其他人閉嘴的力量。在這座城鎮裡面，純粹的強悍力量就等於地位。

鎮上最強的冒險者，Lv.3的柏斯有權在緊急狀況下指揮整座城鎮。也因為如此，他與利用「里維拉鎮」的各個高級派系團長、團員關係匪淺。

沒有例外，這次的事件是由柏斯主導調查。芬恩抬起雙手安撫著他說：

「我們也打算在鎮上暫時投宿。為了保持平靜心情好探索，我們希望幫各位早點解決案件。怎麼樣啊，柏斯？」

「呿！說的比唱的好聽，芬恩。你們也好，【芙蕾雅眷族】也好，實力強大的人就愛拿這個揚威耀武，好像自己真的無所不能了。」

「那個傢伙怎麼有臉說別人？」，蒂奧涅瞪著用傲慢口氣跟芬恩說話的柏斯。「請、請您冷靜點！」，冒著汗的蕾菲亞拚命安撫著她。

「目前有什麼狀況？有查到這個冒險者的來歷，或是殺害他的凶手嗎？」

「喔……嗝屁的這個傢伙是名裝備全身型鎧甲的冒險者，有帶一位穿著長袍的女人進來。雖然戴了頭盔沒看到長相，不過跟他來的那個女人不見了，所以凶手鐵定就是那個女的……是吧，威利？」

「嗯，至少我只有讓那一男一女進來這個房間，柏斯。」

除了柏斯以外，另一名待在房間的獸人青年·威利點頭表示肯定。此人體格中等、一頭亂髮、左右雙頰以紅線塗上戰妝(war paint)。

這個旅店主人接著補充說道：

「昨晚他們倆是一起來的。兩人都遮著臉，要我把整個旅舍包給他們。」

「才兩個人卻要包下所有客房……喔，原來是那樣啊。」

「對，就是那樣。我這旅舍沒有房門那種貼心設計，一叫起來整個洞窟都聽得見。想要偷窺也很容易。」

芬恩立即聽懂了對方的意思，在一旁聽著的蕾菲亞似乎也明白了什麼，整張臉蛋一下子染得通紅。

「哎，總之聽到那個男人興奮的聲音，我就知道他是來做什麼的了，雖然覺得很討厭，不過錢都收了還能怎樣……我心裡詛咒著他去死、把房間借給他們，沒想到詛咒真的應驗了。讓我背脊一陣發涼耶。」

威利講話語氣雖然輕佻，不過臉上卻明顯留著嚇破膽的神色。他一隻手繞著頸子，好像受不了似地重重嘆了口氣。

里維莉雅表示哀悼，拿了塊布輕輕蓋在遺體被打爛的頭部，這個時候芬恩提出了疑問。

「沒看到那個長袍女子的臉嗎？」

「她把連衣帽壓得低低的，跟男的一樣，完全看不到臉。……啊，不過，那女的有著一副魔鬼身材，隔著長袍都看得出來。啊啊，是個讓人恨不得一把摟進懷中的騷貨呢！」

「喔喔，其實本大爺也有在街上瞄到一眼……真的是個好女人。雖然看不到臉，不過不會錯的。」

在威利極力主張後，柏斯也接著熱烈解釋那個女人的體態有多麼令人垂涎三尺。包括蒂奧娜在內，所有女性都對鼻息變粗重的他們投以冰冷視線。

「……可是啊，這是你的店耶，房間裡面發生什麼事情都不知道？你不是一直待在那個入口前的長型櫃檯嗎？」

「拜託你饒了我吧。看到其他男人帶著那麼火辣的妞開房間，要是從房間傳來什麼聲音，我可是會因為嫉妒跟一些其他原因而起肖的。我把客房全滿的牌子往店門口一放就跑去酒館啦。」

面對蒂奧娜的問題，威利聳了聳肩。

他表示自己喝了一個晚上的悶酒，昨晚酒館裡面的人也證實了他的說法。

威利昨晚前往酒館直到今天凌晨才回來，這點大概可以肯定，而男人也在這段時間內遭人殺害，而長袍女子也不知去向。

從脫下來扔在地板上的衣服以及男人半裸的模樣看來，不難想像他死前正要做什麼。正要耽溺於情事的男人恐怕就是被凶手趁虛而入而遇害的。

蒂奧涅興趣缺缺地望著房間狀況，接著向柏斯問道：

「照樣子看來，沒有人目擊到長袍女人的身影是嗎？」

「是啊，一個目擊者也沒有。我讓小子們去四處打聽了，但目前沒有得到半點線索。」

「支付住宿費時沒開字據嗎？」

「抱歉，沒開耶。因為那男的大方地給了非常值錢的魔石，而且還說不用找錢了，所以我也沒有要求那麼多。」

里維莉雅在蒂奧涅他們身旁提出疑問，威利有些歉疚地回答。

一般來說，為了節省行囊空間，探索迷宮時是不會攜帶金幣的。在這座位於地下城的「里維拉鎮」裡，買賣武器、道具或是住宿時都是以字據進行交易。購買各種物品的冒險者在店家提供的憑據簽上自己的名字，並印上【眷族】的徽章，店家則是會在改日回歸地表時向所屬派系收錢。

因此如果是用字據交易，就可以得知對方的姓名與派系，但這次是以物易物，無從確認。遭人殺害的全身型鎧甲男子似乎是單獨行動、沒有同伴──至少目前沒有人出面說是男子的同伴──，結果沒有半個人知道臉部遭到殘忍打爛的死者究竟是誰。

「沒差，反正我現在正要直接透過這個傢伙的身體問出他的身分。──喂，『解鎖藥(status thief)』還沒好嗎！」

柏斯對著走廊大吼，正好一個人類冒險者跑了過來。

他急急忙忙與房門口待命的矮小獸人男子一同進入房間，把帶來的小瓶子──裡面是類似魔石碎片結晶與透明鮮紅液體——交給柏斯。柏斯毫不客氣地把仰躺的遺體翻過來後，戴著圍巾的矮小男子走到他的身旁。

那個人蹲下去「啵」的一聲拉開小瓶子的瓶栓。把紅色液體滴在死者背上後，他在遺體肌膚上舞動著手指，像是在描繪某種圖案。

「我記得『解鎖藥』好像是……」

「是專門用來揭穿眷族恩惠（我等能力值）的道具。不過只有這種藥還不夠，必須經過正確步驟才能夠解除諸神上的鎖。」

在蕾菲亞的身旁，里維莉雅眼神嚴峻盯著做出褻瀆死者行徑的柏斯等人。

只有習得了發展能力「神祕」的少數人才能夠以諸神的「神血（ichor）」調配出「開鎖藥」，光從原料來看就知道這是非法道具。這種藥一般市面上沒有販售，只流通於黑市（underground）。會存在於這座「里維拉鎮」的原因可想而知。

不但使用機會十分有限，最重要的是懂得調配的藥師實在太少，因此數量極為稀少。當然，價格也十分昂貴。

比較常見的用途是利用【能力值】一定會刻上當事人真名與主神之名的性質，藉此查出刺客等人物的來歷。

「那種技術到底是從哪裡學來的啊……」

「冒險者為了錢什麼都做的『好事』性格已經不稀奇了吧。」

一臉無奈的蒂奧娜與眼神冷淡的蒂奧涅看著矮小獸人男子手指在隱藏了【能力值】的背上順暢地滑動著。

矮小男子滴著溶液，運用只要以複雜、正確的動作描出紋路就可以解開（撬開）任何天神之鎖的道具，沒過多久，遺體背部便浮現出有如碑文的成篇文字。

「柏斯，搞定了。」

「喔，幹得好。」

矮小男子退開，柏斯低頭看著被撬鎖的【能力值】，拍了一下腦袋，好像在說「這下糟了」。

「糟糕，我看不懂【神聖文字（hieroglyph）】……喂，你們到外頭去，找一兩個看起來很博學的精靈過來！」

「等等。【神聖文字】的話我看得懂。」

「我也懂。」

柏斯大嗓門叫人跑腿時，里維莉雅與艾絲開口說道。

他先是睜圓沒戴眼罩的右眼，然後聳起肩膀讓了路。她們走上前俯視著【能力值】來解讀【神聖文字】。

里維莉雅在屍體一旁單膝跪下，艾絲則是站著。在房裡所有人的靜觀下，翡翠眼瞳與金色雙眸逐字閱讀著天神複雜的筆跡。

不久後，她們緩緩啟唇說道：

「名字是哈桑納・多爾利亞。隸屬於……」

「……【迦尼薩眷族】。」

艾絲接在里維莉雅後面，此話出口的瞬間——現場頓時鴉雀無聲。

室內霎時失去了所有聲音。

接著下一刻，室內一下子變得嘈雜起來。

「【迦尼薩眷族】!?」

「喂！沒弄錯吧！」

聽到眾人轉瞬間發出的齊聲慘叫，艾絲與里維莉雅視線都定在遺體的【能力值】上文風不動。

看到她們僵硬的眼神，芬恩與蒂奧娜她們也睜大了雙眼。

死屍的真面目是都市屈指可數的實力派【眷族】——直逼【洛基眷族】的派系團員，聽到這項情報，威利等人無不臉色發青。

其中顫抖不止的柏斯用欠缺冷靜的聲音喊出了比什麼都無法忽視的問題：

「別開玩笑了——【剛拳鬥士（哈桑納）】不是Ｌｖ．４嗎!?」

艾絲她們親口證實了第二級冒險者的死訊。

同時導出的結論是：長袍女子——凶手是等級至少在Ｌｖ．４以上的強者。

相當於第一級冒險者的殺人魔也許還潛伏於這座鎮上，這個可能性在眾人之間帶來一陣破膽寒心的戰慄。

第三章

下界偵探洛基

Гэта казка іншага сям'і.

Ніжняя мяжа дэтэктыў Локі

高掛中天的太陽燦爛耀眼。

蔚藍晴空下，歐拉麗今天依然是喧鬧聲不絕於耳。繁華街等鬧市熙熙攘攘，人潮在鋪滿石板的大道上往來。為了在廣大都市中移動，還常常可以看到路人叫住沿街攬客的馬車並坐上去。

許多亞人在市區裡闊步時，洛基與伯特兩人走在東大街上。

「啊！是炸薯球耶。伯特，要不要一起吃？」

「不吃。妳可不可以不要一直到處亂繞啊。」

洛基發現大道轉進岔道有個攤販，伯特不高興地這樣說。結果主神一個人跑去買小吃，讓他輕輕咋舌一聲。

伯特跟一個勁嚼著炸薯球的洛基並肩走著。林立路旁的店家、擦身而過的人們都把目光集中在他身上。所有的目光都來自女性。

修長緊致的雙腿、高達一百八十C（賽爾尺）的個頭、誰敢靠近就要獠牙相向的野性氛圍，還有儘管從額頭到臉頰的犀利刺青起了遮掩之效，不過卻依舊端整的五官稱得上是個美男子。身為獸人特徵，長在頭上的獸耳與晃動的尾巴，據一部分人士所稱，這樣似乎相當「討喜可愛」。

伯特惡狠狠豎起琥珀色的雙瞳瞪向剛才就一直興奮盯著自己瞧的獸人女性二人組。

被伯特一瞪，她們嚇了一跳後趕緊離開了。

「啊～，好可惜喔，那兩個女生超可愛的耶……伯特啊，對女生再溫柔一點啦、再溫柔一點！」

「我最討厭弱不禁風的女人啦。」

吃完炸薯球的洛基舔著手指，身旁的伯特看都不看離開的兩名女性一眼，不屑地這樣說著。

「咦～，真的假的啊。柔弱的女生從比較低的位置兩眼水汪汪地望著你，這樣不會讓你怦然心動喔？不會很想保護她嗎？」

「哼！聽了就想吐。連自己都保護不來，那就窩在巢穴裡面一輩子別出來算了。」

「真是不知趣耶……吼！伯特就是這麼傲嬌。」

「喂，給我等一下，妳在亂講什麼聽不懂的話？」

「哎，就是說——伯特愛艾絲美眉愛得不得了唄！」

「我啥時候說過那種話啦!?」

靠北啊!?伯特紅著臉大叫。「嘻嘻嘻！」，洛基只是露出邪笑。

面對這個活寶主神，狼人帶刺的態度也起不了作用。

「混帳王八蛋……喂，別講這些了，妳到底想在同一個地方閒逛多久啊。不是有東西要查嗎？」

伯特悯嚇似地露出牙齒質問著洛基。

他在總部受洛基所託，不得已才陪主神進行「調查」，然而自從來到東大街，她卻只是在這附近一帶到處走動。

洛基只是探頭看看後巷與人煙稀少的地方、偶爾向店家或大道的居民問話，把伯特搞得很不耐煩，用力甩起了灰色毛皮的尾巴。
「嗯——」，手上拎著布袋的她慢吞吞地應了一聲、眼光掃視周圍。
「其實我從昨天開始就自己四處調查了一下……現在是在進行最後檢查，看看有沒有遺漏的地方。」
包括今天在內，怪物祭結束後的這兩天，洛基獨自一人調查了東大街。
與美神（芙蕾雅）密談後，洛基推斷除了她以外還有第三者放走了怪獸——也許是為了某種企圖而放出食人花怪獸。
艾絲她們遭受波及，蕾菲亞還受了重傷，就算是為了找對方算帳也好，光是這些理由就足以讓洛基採取行動了。
她將範圍限定在東大街四處調查，不過目前並沒有得到什麼有力線索。
位在食人花怪獸突破地面出現的街道，此時大洞已經填平，表面恢復了平靜。
「也就是說，妳是想調查艾絲她們對付過的那種怪獸嗎？有夠麻煩的……公會或迦尼薩那邊都沒有半點情報嗎？」
「我是想打聽一下啦，可是他們忙著替慶典收拾殘局，還要應付居民的抱怨與抗議，沒機會讓我問話。」
一邊跟伯特交談，洛基一邊仰望在視野角落主張本身存在的巨大圓形競技場（amphitheatrum）。
東大街這一帶位於都市東區，包括圓形競技場在內，公會管理的設施都集中在這個區塊。幾乎都市主辦的所有節慶都在這個地方舉行。隨之也開了許多家旅店，提供都市外前來參觀節慶的觀光客住宿。

偏離大街，兩人走進了不同於其他地區的高大樓房、三層樓以上旅店格外顯眼的複雜巷弄。越往前走，紅磚房的豪華旅館也漸漸變成了木造的廉價旅舍，不久後洛基便停下了腳步。

狹窄巷弄的前方是一處被建築物包圍的狹小空間。

空間角落雜亂堆放著有點骯髒的器材，而且蓋有一間石砌的獨棟小屋。

「街上大致上都調查過了……就只剩這裡啦。」

說完，洛基伸手去拉厚重的木門。本以為必定有上鎖，沒想到一拉之下毫無阻力，她就這樣拉開生鏽的鐵製門環……「嘰……」，伴隨著低微的摩擦聲，門慢慢被打開了。

小屋裡面空無一物，只有一座通往地板下方的螺旋階梯。她毫不猶疑地踩了上去，發出「喀、喀」的跫音、步下了階梯。

沿著螺旋走個幾圈，洛基與伯特來到陰暗的地下——下水道。

「真應該把這種差事塞給勞爾或其他人的……」

壽命將盡的小盞魔石燈光、傳進耳裡的水流聲，還有無盡黑暗蔓延的下水道。

看到事情變得越來越麻煩，伯特疲倦地嘟噥起來。

「好嘛好嘛，我晚點一定會犒賞你的。」

洛基從拎著的布袋裡面拿出攜帶式魔石燈點亮燈火。有點類似煤油提燈的照明燈具立即照亮了四周陰暗的空間。

「反正還不就是酒。」，伯特早就猜到犒賞的內容。洛基對此笑了笑，與他並肩在下水道中前進。

「蒂奧娜與蒂奧涅在慶典當天就幫我調查過了，不過還是小心為上嘛。她們只是追著那些怪獸的蹤跡，說不定有什麼遺漏的地方。」

「讓那兩個沒大腦的亞馬遜去查，遺漏的地方鐵定超多的。」

在狹窄的通道中前進一會兒，兩人來到了流水淙淙的寬廣主水道。

這是條以石材建造的管狀隧道直徑約六M。中央有水流貫穿，隧道兩側設有供人前進的踏足處與通道。洛基他們走在下水道的右側沿著細窄通道前進。

水流聲嘩啦嘩啦激烈響起，音量足以妨礙兩人對話。分支水道從各處匯流，使得水聲彷彿在下水道裡面層層迴盪。

不過另一方面，儘管下水道的空氣確實比地上混濁，不過卻沒有令人捏鼻的惡臭……那種汙水特有的臭味。

洛基用魔石燈照亮前方，在細長分支水道的水溝中安置了好幾根散發藍紫色光輝的結晶柱。其形狀有如鐵柵欄，並非截流，而是讓水流直接通過，是迷宮都市（歐拉麗）引以為傲的魔石製品之一。

有如柵欄等間隔並列的淨化柱能夠淨化流過的汙水，將其轉變為潔淨的清水。換個說法就是淨水裝置。水溝裡面的水流透明清澄，無法想像是市區排放的汙水。

設置在水道各處的這種淨化柵欄使得下水道不致於臭氣沖天，也可以避免汙染到下水道通往的西南方半鹹水湖。

真會發明些方便的工具呢。洛基很佩服下界的居民。

「不過這一大堆錯綜複雜的通道，還有這種氣氛……還真有點像地下城呢——」

「哼！少說笑了。」

天天鑽進真正迷宮裡的伯特對洛基的發言嗤之以鼻。他嘲笑人工迷宮這點程度就想稱為地下城還真是不知天高地厚。

開在牆上的無數條橫向道路以及階梯，還有架在對岸的橋梁。伯特探索起陰暗的下水道得心應手，洛基一遇到危險，他便立即將其擊退。也許是經由大海從半鹹水湖逆流而來，魚類怪獸「突襲怪魚」曾一度跳出水流襲擊而來，不過隨即被伯特一腳踢死。肉眼無法辨識的一連串光景讓嘴巴張得圓圓的洛基發出「哦哦！」的呼喊並佩服不已。

洛基手持的魔石燈以橢圓形光芒照亮周圍，在牆上映照出兩道人影。

伯特長著耳朵、尾巴的影子往後方拉長，正好形成了有如凶暴野狼的剪影。

「哦？」

她用到處瞎碰的方式調查下水道的各個角落，過了一會兒。

洛基他們面前出現了一扇至今沒有看過的鐵門。

這是一扇年代久遠的老舊雙開門。門上裝了重量感十足的大鎖，緊緊封住左、右的門扉。

「這啥啊。」

「好像是舊式的……地下水道呢。」

洛基從裝在牆上的金屬板勉強看出上面的模糊文字。看來是水道重新建設的關係，這裡很久之前就被棄置不用了。

不過還真是做了扇古怪的門啊。她一邊懷疑工程人員的腦袋，一邊將燈光湊近門前。

朦朧照亮的部位在封閉門扉的漆黑大鎖上留下了使用過的跡象——好幾次經由人手打開又鎖上的痕跡。

「有點可疑喔……」

洛基微微睜開那雙細眼輕聲低語。

或許可以解釋成管理都市的公會進去處理業務，不過至少洛基對門後面有什麼開始產生了興趣。

被洛基使了個眼色的伯特懶洋洋用雙手抓住門鎖讓它吱吱作響。用不了兩下子，他輕易破壞了門鎖，清脆的聲響隨之而出。

他扔掉斷成兩半的厚重鐵塊然後直接開門。

照理來說是無人使用的舊水道，不過牆壁上方卻安裝了魔石燈而亮著點點燐光。

「喂喂，都浸水了耶。」

門前的台階前方，包括通道、水道全都浸了水。看著如同暗夜河川般漆黑盪漾的水面，伯特扭曲著嘴角。

洛基用魔石燈照了照，確定水深跟淺灘差不多一樣，接著便轉頭看向可愛的眷族成員。

「伯特，揹我嘛？」

「啊？」

「我不想弄溼鞋子嘛！所以，揹我！」

「別開玩笑了！又沒有多深，自己走啦！」

「不要嘛——！我要揹揹我要揹揹我要揹揹，你不揹我我就不走——!!」

看到鬼吼鬼叫的女神比愛吵鬧的小孩還麻煩。「這個臭娘們……」，伯特的尾巴擺個不停。吵鬧的叫嚷讓他的獸耳平貼頭部，接著他大叫一聲：「吵死了，知道了啦！」，並當場蹲了下來。

看到眼前降低高度的寬闊背部，洛基咧嘴一笑，並發出「喝！」的一聲開開心心地撲了上去。

「好，衝啊，伯特！我可是相當講究騎乘舒適度的咧！」

「如果妳這番話是認真的，我就讓妳淹死在水裡。」

揹著洛基的伯特全身散發出強烈不滿、輕輕鬆鬆地站了起來。

「嗚呵——！」，視野一口氣變高的女神發出了歡呼，那天真無邪的聲音實在是配不上超越存在應有的身段。

Deus : Dea

心情亢奮到最高點的她在朝著水流裡走的伯特背上又叫又笑。

「唔呼呼！以為揹的是可愛女生嗎？抱歉，其實是我啦！」

「吵死了。」

「欸欸，你現在是什麼感覺!?指的不是艾絲美眉而是我，你現在有什麼感覺!?」

「信不信我把妳甩下去……？」

洛基交互從左、右兩邊肩膀探出頭來問個不停，弄得伯特嘴角一抽一抽的。狼人青年臉上掛著痙攣的笑容、青筋暴起，恨不得能把背上面露下流笑容的神給扔掉。

就在洛基吵個沒完的同時，伯特走過水流往前進，讓水面發出啪唰啪唰的聲響。水位高到小腿附近，淹過了身為裝備的金屬靴之一半。大小各種水道縱橫交錯的舊式地下水道比剛才去過的現行下水道還要複雜，更具迷宮色彩。

「公會在慶典之後是不是調查到這裡了呢——」

「還留有人的氣味。只是被水沖淡了，聞不太出來……」

洛基趴在伯特背上謹慎地窺視著四周並這麼說，伯特鼻子嗅了一下。

他發揮狼人優秀的嗅覺，察覺到這條老舊地下水道截至最近都還有人出入。「不過殘留的氣味快要消失了，所以聞不出確切人數。」，伯特補上了一句，鼻子朝向各個方向。洛基低聲發出「哦。」的聲響，左手繞在他的脖子上，右手把魔石燈向外舉出、照亮了各個暗處。

彷彿逆流而上地沿著水流走了一會兒，洛基晃動著細瘦的雙腿……沒過多久，那個「洞穴」就出現在眼前。

「……破壞得好誇張啊。」

水道壁面的石材崩裂倒塌、遭到嚴重破壞。水似乎就是從這裡流出，並在老舊地下水道中徬徨迴流。

簡直就像是某物破牆而出的大洞痕跡讓洛基歪起頭來。

「這樣算是猜中了嗎……？」

感覺越來越逼近「想查的東西」，洛基發出低喃，緊接著……

彷彿抬頭的野獸般，伯特的耳朵尖銳豎起。

「下去。」

聽到這不容分說的這句話，洛基注視著他的側臉，然後乖乖聽話下來。

洛基站到水裡時，眼光變得銳利起來的伯特緊盯著一片黑暗的洞穴深處。

「那兩個亞馬遜人……到底都去哪裡查了啊。」

他一面咒罵一面走進大洞。

洛基隨刻跟上，他帶著危險氛圍不屑地說：

「根本還留在這裡不是嗎？」

在伯特的帶領下，洛基邁著大步走進深處。洞穴狀通道——彷彿某種巨大物體通過的痕跡好幾次貫穿了水道牆壁，兩人因此走過了好幾個十字路口。伯特毫不恐懼，也毫無猶豫地走過只有微弱光源的陰暗地下水道，登上出現在眼前的寬廣階梯。

冷水的觸感消失，兩人踏在堅硬地板上行進，單行水道很快就變得豁然開朗。

「這裡是……儲水槽嗎？」

洛基高舉魔石燈環顧著寬敞的空間。

長方形大廳宛如柱廊般林立著粗厚的柱子。隔著相等大間隔並列的無數石柱支撐著頭上的天花板。高度恐怕在十M以上。受到陰暗支配的廣大空間被稱為大儲水槽的確不會言過其實。

從都市包含地下迷宮（地下城）的構造來判斷，再加上半鹹水湖的排水問題，這裡可能位於遠離中央廣場的都市西南部地下。由於長久沒有儲水，室內呈現乾涸水渠的狀態，牆壁與柱子上留有水位痕跡。這個大儲水槽裡的魔石燈還勉強亮著。

洛基觀察著周圍的情況。不久，耳朵就聽見某種物體拖行的聲響。

她心頭一驚，視線轉回前方，只見伯特背對著自己站著，而在昏暗的深處有個巨大的物體蠢動著。

那個物體很快就突破黑暗，黃綠色的皮膚展露無遺。

好幾隻食人花怪獸扭動著又長又大的身軀交纏著現身。

或許是查覺到洛基與伯特的氣息，牠們有如大蛇般從大廳深處竄出，先是蠕動著抖了一下，接著前端部位拉著黏液開花了。

張開濃豔刺眼的多彩花瓣暴露出滿口尖牙的醜惡口腔，怪獸抬高了身體，從頭頂的高處俯視著洛基他們。

「洛基，妳不要到前面來。」

早已進入迎戰態勢的伯特頭也不回地這麼說。

目光犀利的琥珀色雙眸只固定在怪獸們身上，他身子稍微前傾，在敵人發出吼叫的同時向前衝去。

「吼喔喔喔喔喔喔喔喔喔喔喔喔喔喔喔喔喔喔喔喔喔喔喔！」

伴隨著破鑼般的叫喚，食人花怪獸帶著殺氣衝了過來。

面對總計三隻正面湧來的黃綠濁流，同樣向前衝刺的伯特左腳重重踩在石板地上。

他瞄準最早碰上的正面個體向前踏出一步，並抬起他修長的右腳。

「你們這些傢伙臭死了！」

「!?」

他把怪獸的臉部當成球往上一踢。既長且大的身軀爆出激烈沉重的聲響往空中大幅後仰。

正面迎擊、不耍伎倆的踢腿。比起怪獸的龐大身軀，那條腿根本不值得一提，不過伯特卻只憑著一條長腿豪爽地彈回敵人的身體衝撞。右腳裝備的金屬靴威力擊碎了後仰怪獸的一根牙齒。

怪獸自左、右夾攻發動突擊，不過他照樣輕鬆閃避，並在擦身而過之際反擊，將敵人往旁邊擊飛，不讓牠們靠近身後的洛基。

力量自不待言，灰色毛皮隨風起舞的身手更是迅捷、銳利。人稱【洛基眷族】第一飛毛腿的他永遠從敵人手中搶得先機。怪獸的行動總是慢了兩步、三步才趕上伯特，被他玩弄在股掌之間。

這種透過迅捷、銳利攻勢將敵人大卸八塊，並在轉眼間將敵人生吞活剝的凶暴戰法，讓他得到了一個綽號——【凶狼（Vanargand）】。

伯特縱身躍向滾倒在右手邊的一隻怪獸使出傾注全身力氣的腳刀，就像是斷頭台般砍向毫無防備地暴露在外的花莖，打算結束對手的性命。

「啊啊？」

然而，從空中向下的必殺一擊卻沒收到成效。

本應砍斷對手頭部的左腳腳刀沒能切斷怪獸的皮膚，僅以衝擊力道打落了一片花瓣。

伯特忍不住低吟一聲，透過長靴傳到腳上的震動和敵人皮肉的硬質觸感令他重重咋舌。被踢了一腳的食人花怪獸甩了甩頭，彷彿勃然大怒似的發出吼聲並開始進攻。

「搞什麼，身體這麼硬……」

伯特火冒三丈，剩下兩隻怪獸也過來會合，同時對他展開攻勢。

沒想到這麼巧，竟然跟蒂奧娜產生相同的想法。伯特一邊這麼想著一邊對付三頭怪獸。敵人身上伸出的無數觸手從四面八方襲來，伯特靈活運用整個寬敞的空間——時而躲避，時而以柱子為牆撐過對方的攻勢。

活用純粹奔跑能力連艾絲都會自嘆弗如的強韌雙腿，伯特與怪獸們的激戰逐漸陷入膠著狀態。

「嗯……，快到根本看不清楚咧。」

至於大儲水槽入口前方，洛基躲在石柱背後旁觀著戰局走向。

先是看到疑似伯特的灰色斜線一閃而過，緊接著是怪獸被彈飛，當前這種光景完全超出了女神能夠理解的範圍。看不懂的戰鬥就先別管，朱紅眼瞳細細觀察著食人花的長條身軀。

前兩天怪物祭時，由於怪獸身體埋在地底，因此沒能掌握牠們的全貌，此時才得知食人花怪獸的尾巴部分膨脹成球形有如球根。跟像是樹根的好幾條根毛一樣，觸手也是從根部附近長出。

那個球根是不是埋在地下城裡面吸取養分呢？正當洛基在猜測時……一道影子逼近了她的頭頂。

沿著天花板滑溜溜地繞著長長石柱往下爬，然後伸出了一隻觸手。

洛基的背脊微微抖了一下。接著，彷彿在肯定她的直覺般，一滴黏液滴到她的肩膀。

啊，糟了。察覺到大事不妙的洛基當場拔腿就跑，同時仰望正上方。

果不其然，上面有隻張開醜陋大嘴的食人花怪獸。

「啊啊啊啊啊啊啊啊啊啊啊啊啊啊啊啊啊啊!!」

「哇呀——！」

頭頂傳來震耳欲聾的吼聲。有如鞭子般一口氣伸來的觸手沒能抓到早一步逃開的洛基撲了個空。

發出有點缺乏緊張感的尖叫，朱髮女神腳底抹油逃之夭夭。

「唔喔喔喔喔——！不好，要被追上了——⁉」

她以有如偷兒的敏捷身手在列柱之間鑽來鑽去，不過終究是封印了「神力（Arcanum）」的一般人腳力，怎麼可能比得過窮追不捨的凶惡怪獸呢？

洛基好像能夠預測來自後方的攻擊，在絕妙的時機躲到柱子後面多次逃過一劫，但是蛇行的食人花下顎隨時都可能咬住洛基的身體。

伯特這個時候才初次失去從容，並結束與怪獸的戰鬥打算趕往洛基身邊。然而——來不及了。

「還有一隻嗎⁉」

食人花已經來到主神背後正要將她一口吞下。

伯特臉部變得面無表情，身體為了下一刻的最高加速而壓低重心，就在這緊急時刻……

洛基將手塞進帶在身邊的布袋拿出幾個結晶往旁邊一撒。

「嘿！」

散落在地上的是散放藍紫色光輝的「魔石」。

明眼人一看就知道純度極高的無數結晶體讓食人花怪獸模樣大變並改變方向。

看到怪獸從洛基背後突然九十度轉彎而來不及停下腳步，雙腳差點打結的伯特瞠目而視。

「純粹的魔力，魔石，人……那個怪獸的優先順序大概是這樣吧。」

看著怪獸自己漸漸遠去，洛基睜開她那雙細眼。

她聽了在怪物祭遇襲的蕾菲亞證實得知那種怪獸會對「魔力」產生反應，於是便在進行調查的時候於布袋裡面放了當成誘餌的「魔石」以防萬一。

既然會對魔力產生反應，應該也會對魔石有興趣吧。雖然是非常簡單的點子，不過的確有成功引開怪獸的注意力。

「伯特，牠過去囉——！」

「受不了……真是敗給她，啦!!」

聽到自己的主神高聲呼喊，伯特只在形式上嘆了口氣，接著便朝向與自己面對面的怪獸使出一記右高踢。

接著他迅速繞到敵人身後用左腳對往上踹飛的敵人腦袋使出一記迴旋踢。被踢飛出去的怪獸在空中描繪出一道弧線，接著撞上一路追趕伯特的同伴一塊倒在地上。

「合作無間啊，伯特！默契十足唷！」

「關我什麼事。不要害我嚇出一身冷汗啊，蠢女人。」

伯特對從前面過來的洛基抱怨。看到眷族成員無法坦率說出「不要害我擔心」的粗魯態度，她忍不住嘻嘻笑起來。

由於很不愉快，伯特馬上將視線轉向別處。

「麻煩死了，那種怪獸……攻擊都不怎麼有效耶。」

「蒂奧娜她們的徒手攻擊也被那種怪獸彈開過呢——，現在才想起來。牠們好像很能夠抵禦打擊喔？」

「幹嘛不早說啊！」

聽到主神現在才想到提出忠告，伯特皺起了眉頭。

在他們的視線前方，重疊倒在一起的食人花怪獸慢慢爬了起來。

不敢大意的伯特瞪著總數四隻怪獸，聽著洛基提到艾絲的斬擊以及蕾菲亞的魔法都很有效的事情後……

「……雖然不爽，還是用吧。」

伯特低聲說著，右手伸向腰際。

隨著聲音出鞘的是像是在燃燒的猩紅色匕首──「魔劍」。

他將拔出的刀身抵在右腳的白銀金屬靴上。

猩紅色的波流從「魔劍」刀刃逐漸流入了吸收魔法效果的特殊武裝（superiors）【弗洛斯維爾特】之中。

「順便問一下，那把『魔劍』花了多少錢？」

「一百萬。」

「唔哈──！價值一百萬法利的攻擊啊──。真是大手筆耶──」

安裝在長靴中心的黃玉差不多從刀身吞噬了所有魔力，接著「魔劍」當場碎裂、從伯特手中灑落一地。取而代之，黃玉染成了猩紅色，同時整隻長靴有如點火般噴出了火焰。

發出激烈燃燒的轟然聲響，伯特的右腳被猩紅色烈焰包圍。

「──看我踹飛你們。」

讓人聯想到野獸的凶暴笑容。

怪獸們在前方調整好態勢，伯特一步又一步慢慢牠們走去。帶有猩紅烈火的右腳漾出凶猛烈焰在地上留下火燙的鞋印，先是徐徐前行，然後一口氣加速。

面對發出破鑼高吼逼近的怪獸群，依然笑著的伯特讓臉上的刺青大幅扭曲，接著他騰空一躍。伯特跳上了高空、俯視著追丟自己的怪獸們。接著哼了一聲的他左腳往石柱一蹬，藉著反作用力在柱子間來回飛躍，三度轉換方向，找到了一隻怪獸的死角，將蘊藏著熾烈猛火的右腳往旁拉開——接著猛烈往下一踹。

「————————!?」

怪獸的頭部炸開，綻放出烈焰紅花。

令人目眩的大朵火焰是「魔劍」之火與〖弗洛斯維爾特〗攻擊力（衝擊力）組合下的附加效果。食人花的尖叫被爆炸火焰蓋過、頭部被炸得不留痕跡，沒有痛苦掙扎便化為塵土崩落一地。

緊接著，最早發現伯特降落地面的怪獸從正上方蓋了過來企圖反擊。

「燒焦吧!!」

圓月蹴（somersault kick）。

猩紅色鮮豔火線灼燒空氣勾勒出圓弧軌跡，接著爆炸聲響起，怪獸的長條身軀炸成了碎片。

空中旋轉身子的伯特在天地顛倒的視野中望著將屍骸燒得連灰燼都不剩的猛火熱浪，同時掀起了嘴角。

「伯特，記得留下一顆魔石——！」

「啊啊？真是麻煩……」

解決了怪獸的伯特聽見洛基的指示，鎖定了斜前方的一隻怪獸。

透過交戰，他已經得知魔石就在口腔深處。伯特迅速接近敵人，朝著對手施予控制過力道的爆擊。

他調整了攻擊角度，只把花瓣與醜陋的嘴巴周圍炸飛。怪獸慘叫都還沒結束就「咚」一聲倒在地上不住痙攣，接著伯特踩住牠冒煙的下顎，左手抓住上顎，毫不留情地拉開嘴巴——把那張嘴上下撕開。

整個人承受著溫熱的氣息，他用剩下的右手硬是將口腔深處的魔石扯下拔出。

臭死了！他不由得緊蹙雙眉，並在同一時刻避開剩下一隻怪獸的身體衝撞。

將魔石收進懷裡的伯特轉而面向對手飛奔而出。

「最後輪到你啦！」

面對僅僅一瞬間就將速度提升到極限的狼人，準備迎擊的食人花怪獸一齊射出複數觸手。

他看清楚殺來的黃綠鞭子，躲避、鑽縫、轉瞬間突破攻勢。怪獸的觸手長槍全數撲空，長條身軀顫了一下，彷彿感受到戰慄般僵在原地。

燃燒著右腳，伯特以餓狼般的速度逼近對手，接著踹向地面縱身一躍。

他在空中變換姿勢，宛如火焰箭矢筆直踢出猛烈燃燒的金屬靴。

「灰飛煙滅吧啊啊啊啊啊啊啊啊啊啊啊啊啊啊啊啊啊啊啊啊啊啊啊啊啊啊啊啊啊啊啊啊!!」

下一刻，漂亮命中頭部的一擊引發大爆炸，怪獸以驚人之勢被炸飛出去。

激烈撞上石柱還不足以打消力道，兩根、三根，直到撞毀了第四根柱子才好不容易停了下來。

失去花形頭部的怪獸長條身軀埋在柱子碎塊下，最後化為塵土、失去原形。

「真是派頭十足啊……」

靜觀整場戰局的洛基發出低喃，其聲音在悄然無聲的大儲水槽裡迴盪。

過沒多久，長靴上的黃玉失去了光彩。伯特佇立著，右腳的猩紅烈焰慢慢變淡，最後完全熄滅。

戰鬥結束，在昏暗當中，恢復了平時狀態的金屬靴只有白銀光輝美麗四散。

◆

「雖然有了收穫，但還是沒有找著犯人的線索呢——」

「害我用掉一把『魔劍』，一點都不划算。」

洛基拋著手中的魔石與伯特一同走在地下水道。

結束了與食人花怪獸的戰鬥，洛基他們此時正沿著原路返回地上。他們在儲水槽裡面到處看了一下，卻沒有什麼收穫，加上伯特沒有多準備「魔劍」備用，於是本次調查便到此為止。因為他們研判在裝備不齊全的狀態下過度深入會有危險。

兩人已經走出了老舊地下水道，主水道也只剩下少許路程，洛基俯視著自己手裡的東西。

從食人花怪獸體內摘出的魔石中心色彩斑斕。與一般只呈現藍紫色的魔石明顯不同。看著散發出些微刺眼光澤的結晶，若有所思的洛基發出「嗯——」的冗長語尾。

「對了，蒂奧涅在第50層的怪獸身上也拿到相同的魔石喔。」

「第50層……你是說上次『遠征』時遇到的新種怪獸嗎？」

「是啊，看起來像是噁心的幼蟲。」

「跟剛才那些食人花（怪獸）也有那麼一點像。」，伯特又補充說道。聽了這番話的洛基再次注視手中的魔石。

過了不久，兩人來到之前看過的螺旋階梯。沿著圓周登上階梯、打開小屋木門，幾小時沒有接觸到的地表空氣擁抱著洛基他們。

面對著碧藍天空灑落的太陽光。「唔喔喔——！」，她伸了個大懶腰。臉上不見疲憊神色的伯特似乎也放鬆了一些，一隻手按著脖子扭得喀喀作響。

「先回去一趟吧。」，洛基向他這麼說，接著兩人便從小屋前出發。

離開狹窄巷弄、走向許多旅店林立的街道。隨著道路越來越寬，行人多了起來，也開始聽見熱鬧哄哄的人聲。

然後，就在兩人沿著街道旁走了一會兒的時候……

他們在轉進岔道的街上一角遇見一尊天神。

「嗯嗯？這不是狄俄尼索斯嗎？」

「……洛基？」

看到熟悉的面孔，洛基停下了腳步。

長至頸項的柔順金髮，還有只要微笑就可以讓異性心蕩神馳的俊美容顏。前幾天才在「眾神之宴」見過面的男神睜大了玻璃色雙眸。

雖然今天沒有穿著禮服，不過一身看似高價的服飾與本人的氣質相輔相成，仍然儼如貴族。

身旁站著一名美麗的黑髮精靈少女應該是【眷族】的團員吧。

正當洛基覺得很巧而正要開口打招呼時……

「等一下。」

然而一個聲音阻止她正想走上前去的雙腳。

「嗯？」，她往背後一看，伯特眼神冷峻地瞪著狄俄尼索斯他們。

「就是他們。」

「……什麼意思？」

眷族成員用下巴往前頂了頂，洛基一問，目光犀利持續緊盯對方的他開口說：

「在地下水道聞到的殘餘氣味就是他們、他們的味道。」

洛基睜開了細眼，狄俄尼索斯與精靈少女在她眼前露出了僵硬表情。

遲遲未能平息的嘈雜人聲被石牆、藍水晶柱吸收。

在場眾多冒險者都失去平靜，洞窟旅店內亂哄哄的，場面越來越混亂。

在地下城第18層「里維拉鎮」的威利旅舍。

艾絲等人各以不同神情俯視著失去頭顱之遺體暴露出來的【能力值】。

「……這、這個人真的是遭到暴力殺害嗎？那個，會不會是下毒之類……」

「妳是說他也許是中了毒而無法動彈，然後才被殺死的？」

面對蒂奧涅的回問，蕾菲亞生硬地點點頭。

蔚藍雙眸因為從艾絲、蒂奧娜後面窺視到淒慘屍骸的手腳感到動搖而顫抖。

「能力欄裡面有『異常抗性』，所以，應該不是……」

「像哈桑納這樣實力高強的人，就算對他下劇毒應該也沒什麼效果吧。」

艾絲與里維莉雅一邊繼續解讀【神聖文字】一邊如此說道。

哈桑納的背部（能力值）露出了名為「異常耐性」的發展能力——預防中毒等各種異常效果的能力項目，

而且能力還達到了G級。

G級的「異常耐性」幾乎能使所有異常效果失效。縱然是專門藥師調配的劇毒，恐怕也不足以讓他喪失行動自由。

「儘管是趁著交歡之際讓他大意，不過這個女人竟能夠在床第間奪走第二級冒險者的性命……」

「……會是【伊絲塔眷族】那裡的戰鬥娼婦嗎？」

聽了芬恩所言，蒂奧娜說出了自己的臆測。

聽她提及那些兼具香豔美色、火辣肢體的賣淫悍婦，發出「嗯——」聲響的芬恩視線緊盯屍體，接著他開口說道：

「如果是那樣的話，案情就單純了，不過這種凶殺現場等於是叫人懷疑她們呢。」

「就是啊，這樣不是太明顯了嗎。」

芬恩回答後，蒂奧涅接著說道——就在這個時候……

室內的一名圍觀者半發瘋地指著艾絲一行人。

「你、你們講的跟真的一樣!!擺出一副剛到鎮上的嘴臉，其實根本就是你們之中的某人下手吧!?」

以這番發言為開端，柏斯等人一齊轉過頭來。

小孩看了都不敢哭的第一級冒險者們遭到懷疑。的確，能夠靠實力殺害第二級冒險者的可疑嫌犯，目前除了艾絲等人之外沒有其他人選了。

「什麼——？」，蒂奧娜一臉意外、蒂奧涅則是眼中帶著反感、里維莉雅也閉起了一隻眼睛，而蕾菲亞則是大吃一驚慌了起來。芬恩苦笑著用手指搔搔臉頰。

艾絲也顯得有點困擾，身子動了一下。

「如果是這些傢伙下的手……」

「嗯，首先芬恩最不可能……」

冒險者包圍著艾絲等人。感到害怕的威利慢慢拉開距離，而緊張得喉頭作響的柏斯則是對著他點點頭。芬恩是體格嬌小的小人族、又是男性，因此冒險者們第一個將他剔除在外，然後便依序打量艾絲等人的身材。被人目擊到的神祕長袍女子胸脯、體態凹凸有致，隔著外衣都看得出來。

眾人的視線掃過艾絲、蕾菲亞，然後停在里維莉雅與蒂奧娜身上。

他們凝視著那單薄的胸圍……尤其是穿著暴露的蒂奧娜體型。「嗯。」，所有的人全都點點頭。

「這個傢伙不可能。」

「是啊，不可能。」

「嗚——!?」

蒂奧娜揚起雙手想要胡鬧，艾絲從背後架住了她。

正當房間一隅開始吵鬧起來時，冒險者的懷疑目光最後朝向了蒂奧涅。

「……用這副身體，想要勾引多少男人都沒問題吧？」

形成深谷的豐滿雙峰、緊致蠻腰與大而細嫩的臀部、柔韌的大腿圓潤勻稱，肉感恰到好處。

柏斯這番話一出口，冒險者們猥褻的視線在穿著比妹妹更暴露的她身上游移。

「——啥？」
面對他們的反應，蒂奧涅……
她瞬圓了杏眼用一種難以想像的表情火冒三丈地說：
「我不是說過，我的貞操屬於團長嗎!!」
「誰理你們這些白癡啊!!」
「再給我胡說八道，信不信我拔了你們胯下的那根髒東西!?」
她連珠砲地罵出一長串嚇人的難聽話。
神色凶狠有如惡龍的蒂奧涅破口大罵並踏出一步，將地板給踏碎了。
「乖喔乖喔——」，這次換成蒂奧娜安撫著隨時可能撲上前去的親姊姊，踩到地雷的冒險者們全都臉色鐵青地夾緊雙腿、無一例外。
「……啊——，柏斯。你也看到了，她們沒有那個能耐色誘異性。」
「是、是啊……是我不好，不該懷疑妳們。對、對不起。」
雙手護著胯下的柏斯用丟臉的姿勢不停點頭致歉。
芬恩好像也被弄得很累，眼睛垂得有點低，不過還是打起精神重新環顧室內。
「我想檢查一下這個地方，會需要碰到現場物品，可以嗎？」
「嗯，隨便你們吧。」
柏斯似乎已經明白這件事情自己處理不來，不負責任地把現場權力讓給了芬恩。回答「謝謝。」後，芬恩便在里維莉雅的協助下開始歸納統整遺體的周遭環境。

芬恩讓艾絲她們與其他冒險者聚在房間一隅，首先他伸手檢查哈桑納的遺骸。

「死因是頭部遭到破壞……不對，看來在那之前頸骨早就斷了。」

「折斷頸骨將他殺害，然後再破壞頭部嗎？」

「恐怕是。」

面對里維莉雅的疑問，芬恩檢查著還保有原形的下顎與脖子點了點頭。

遺體被翻回正面，臉部位置重新蓋好了布，身上找不到其他傷痕或激烈打鬥痕跡。如此可見哈桑納的確是在瞬間先被折斷頸骨，然後再慘遭殺害的。

「是有目的而犯案嗎……還是……」

芬恩看過遺體後抬起頭來，望向放在室內角落的背包。

他經過濺上血液的全身型鎧甲零件前面，也稍微確認了所剩的行囊。背包看起來被人翻過，裡面被弄得亂七八糟。

「長袍女子也許是想要哈桑納身上的某個東西才會接近他的。」

「哦，這個理由很好懂。然後哈桑納這個傢伙就中了美人計，最後丟掉小命了吧。」

「看行囊的狀態……凶手與其說心急，倒不如說是火大呢。」

芬恩、柏斯與里維莉雅接連表示看法，艾絲也走到行囊旁邊探頭觀望。

背包硬是被扯開、裡面的東西全被翻了出來，旁邊還散落著一些道具。從這些東西可以隱約看出，凶手的確不是急著把裡面的東西倒出來，而是拿東西來出氣。
「結果凶手找不到想要的東西，火氣一來就破壞了屍體……說得通呢。」
「跟蒂奧涅好像喔──」
「我才沒有這麼誇張好不好!?」
不准拿我跟凶手相提並論！蒂奧涅對蒂奧娜大吼。
沒有理會她們吵鬧的芬恩翻找著行囊，看看有沒有任何線索。
「嗯──？」
行囊裡面大多是損壞的掉落道具、靈藥等道具，不過芬恩拿出來的是一張染血的羊皮紙。
艾絲在一旁看著，蒂奧娜與蕾菲亞也探出頭來。
「這是什麼啊？」
「冒險者委託的……委託書嗎？」
打開羊皮紙一看，大部分文字都被飛濺的血弄髒，無法讀出內容。
不過他仍然從一片血紅的紙上看出了幾個字。
「第30層……單獨，採集……保密……」
聽了芬恩雙唇道出的情報，艾絲她們的思考範圍逐漸擴大。
最後，彷彿作為一行人的代表。
芬恩自言自語地低聲說：

「哈桑納是接受了委託到第30層去拿凶手想要的『某個東西』……？」

房間頓時陷入沉寂，並逐漸擴散至周遭。

膝蓋跪地的芬恩不再觀看羊皮紙並站起身來。他抬頭看著身旁的柏斯問道：

「你有印象哈桑納平常會配戴哪些裝備品嗎？」

「嗯嗯——，等等喔。那傢伙是很有名，不過我好像很少在鎮上看到他……威利，你有印象嗎？」

「我記得，之前……他戴著頭盔。跟主神有點類似，看不太清楚臉的那種頭盔。不過那個時候並沒有穿全身型鎧甲，這點錯不了。」

「嗯。」，聽了柏斯、威利所言，芬恩用手托著下巴。

他注視著躺在地上的褐色遺體，身旁的里維莉雅開了口。

「哈桑納似乎是因為接了這項委託才會掩飾真實身分。而且很可能也沒有告訴【眷族】裡面的人。」

里維莉雅翡翠色的雙瞳朝向染血的全身型鎧甲。

這套鎧甲恐怕是專為本次委託而準備的，所以也沒有刻上【迦尼薩眷族】的徽章。

鎮上都引起了這麼大的騷動，派系成員卻沒有展開任何行動，可見得哈桑納的確是獨自一人——以個人身分接受了委託人的請託。

「……柏斯，麻煩你暫時封鎖城鎮。不要讓里維拉鎮的冒險者們離開這裡。」

房間裡面所有人的視線都集中在提出要求的芬恩身上。

柏斯摩娑著岩石般的下巴，戴著眼罩的臉顯得不太情願。

「你是說凶手還大搖大擺地在鎮上晃嗎？要是本大爺的話早就溜之大吉了。」

「這是個機密委託，而且還找上了哈桑納這樣的能手……凶手在找的東西一定是相當重要的物品，所以才會不惜為此而痛下殺手。如果凶手還沒把東西弄到手就一定不會空手而返的。」

「再說，」，芬恩接著說，然後舔了一下右手拇指。

「我想那個人一定還在鎮上……雖然只是我的直覺。」

面對從腳邊平靜仰望自己的碧眼，柏斯神色嚴肅地點了頭說：「我知道了。」

他揮動粗壯的手臂向房間裡面的人發出指示：

「關閉北門與南門。然後把鎮上的冒險者集中到一個地方。誰敢不聽就認定那個人是凶手，抓起來也沒關係。威利，你跟後來才到鎮上的冒險者解釋一下，讓他們到其他地方集合。」

「我、我知道了！」

柏斯的小弟們急忙開始行動，蒂奧娜、蒂奧涅、蕾菲亞還有艾絲都在旁觀看。

「事情好像變得很嚴重呢。」

「嗯……」

「既然都到了這個地步，就替哈桑納打一場復仇之戰吧。一定要逮到犯人！」

「好、好的！」

艾絲一邊回答蒂奧娜她們，一邊注視著永遠沉默的遺體。

她悄悄垂下目光、心中為死者哀悼，最後抬起臉來，與蒂奧娜等人一同展開行動。

里維拉鎮即將掀起一陣波瀾。

兩者之間氣氛一觸即發。

街道沐浴在和煦的午後陽光下，溫暖宜人；然而不同於這種和平氛圍，洛基身邊人物卻是露出嚴峻氛圍。在場的四人各自露出不同的表情互相對看。

在伯特提出警告後沒多久，現場有了動靜。

面對凶狠瞪著狄俄尼索斯的伯特，精靈團員身子一翻準備保護主神。

「別這樣，菲兒葳絲。妳不是他的對手。」

「可是……狄俄尼索斯神……」

聽了主神所言，名為菲兒葳絲的少女依然用背擋著他不肯退下。

這是位純粹的精靈少女。五官線條無須贅述，寶石般的赤緋眼瞳與白皙肌膚更是相映成趣。

包括身上的短斗篷在內，她的服裝清一色以純白為基調，且露出部分極少。長長衣領遮掩了整個脖子，明顯反映出精靈族不喜歡暴露肌膚的潔癖。

長及腰際的烏黑長髮筆直柔順，搭配那身潔白衣裳甚至讓人聯想到了巫女。

真是個美麗的女孩。正當洛基心中懷抱著不合場面的感想時，狄俄尼索斯把手放在少女肩上走向前來。

「我不會逃也不會躲。所以洛基，妳願意聽我解釋嗎？」

「……好啊。隨便找家店進去坐吧。」

看到對方乾脆的態度以及直勾勾地注視自己的眼瞳，洛基暫且答應了他的請求。

在街道旁紅磚旅館的一樓，兩尊天神借用了以玻璃窗隔開室內外的休息室（Lounge）。他們塞給旅館老闆一大筆錢讓對方通融。

不只是旁人，狄俄尼索斯似乎也不想讓孩子們聽見，並表示「希望就由我們天神單獨談」，洛基也接受了。

「喂，真的好嗎。」

「哎，應該不要緊啦。若是有什麼狀況的話我會給你打暗號，伯特，你到時候要來救我唄——？」

她回答向自己耳語的伯特。洛基做了一個忸怩作態的動作後，他露出失去幹勁的表情到旅館外休息室的正面乖乖等候。

旅館人員帶著兩尊天神到遠離其他座位、像是單人房的場所，洛基一屁股坐了下來。

「好，有話快說。」

洛基一隻手肘撐在桌上、上半身前傾。

她做好了準備，要把怪物祭事件與食人花怪獸的事情追根究柢問個清楚，狄俄尼索斯見她這樣應了聲「好」並點點頭。

「首先我想澄清誤會。我不是洛基所想那件事的主謀。」

原本一口咬定他是犯人，不過在聽了這句話後，洛基訝異地皺起眉頭，但沒說什麼，只是動動下巴催促他繼續說下去。

「我想確認一下，洛基在追查的……是關於食人花怪獸的事件，沒錯吧？」

「是啊，沒錯。正在追查時，你就出現咧。」

「原來是這樣啊。」，眼前的神物這麼說，接著輕輕吸了口氣。

「該從哪裡說起呢……」

狄俄尼索斯思忖著垂下雙眼，視線轉向桌上。

只隔著一片玻璃窗，伯特與菲兒葳絲一起背對室內站在外頭，狄俄尼索斯停了片刻才慢慢開口說道：

「我在暗中調查那些食人花怪獸的事。不，應該說曾經調查過。」

他再度與洛基四目交接，然後開口說道。

「一個月前，我的團員遭人殺害了。」

「！」

洛基吃了一驚。「這點妳可以向公會求證。」，狄俄尼索斯又接著說：

「殺害方式很簡單。從正面靠近、抓住脖子然後折斷。死亡的三名團員似乎都是當場死亡。」

「……那些孩子的Ｌｖ．呢？」

「兩個是Ｌｖ．１，還有一個是Ｌｖ．２。」

如果狄俄尼索斯所言屬實，那就表示凶手是個能夠輕易殺害高級冒險者的能手。

洛基一邊動腦思考一邊繼續傾聽後續發展。

「孩子遭到殺害，這點我無法坐視不管，接著便自己開始調查這件事。而一路調查下去，我找到了線索，足夠讓我懷疑我的團員是因為看到某個東西才遭到滅口的。」

「什麼線索？」

「就是這個。」

他從懷中取出來放在桌上的，是一塊色彩斑斕的魔石。

洛基一語不發凝視著在桌上散發濃豔光輝的結晶。

「我在一個月前找到的結晶比這個更小，真的只有碎片那麼大。這塊是從怪物祭當天妳（洛基）那邊的【劍姬】等人打倒的怪獸身上拔出的。我是搶在公會之前把它弄到手的。」

「沒想到你竟然做了這些事……你還真是下了一步險棋啊。」

若是這件事曝光，狄俄尼索斯將無端遭人懷疑，甚至還可能被當成事件真凶。

洛基先是佩服，不過又無法苟同，看她這副表情，狄俄尼索斯苦笑著彎起嘴唇。

「孩子們的遺體與這塊魔石是在都市東邊一條冷清的街道找到的。就是我們現在的位置附近。當時附近這一帶幾天內即將舉辦一場盛大節慶。」

「怪物祭嗎……」

「對。或許只是偶然，不過我那個時候想說不定有某種因果關係。我猜祭典當天會發生某些事件，於是布下了天羅地網。」

然後，事件真的發生了。

雖然中間夾雜了美神（芙蕾雅）這個多餘因子，不過體內藏有濃豔魔石的食人花怪獸確實如狄俄尼索斯所料現身了。

「今天我們正好碰上洛基你們，還有下水道裡面殘留著我們的氣味，這都是因為我們也在追查那個食人花怪獸。……只可惜那怪獸似乎比我的孩子厲害，調查總是無疾而終。」

狄俄尼索斯最後自嘲地聳聳肩，話題暫且講到這裡。

洛基提了幾個問題，他都一一回答。洛基問他是怎麼進出老舊地下水道的，他回答說自己是讓菲兒葳絲破壞原本的鎖頭，然後再重新鎖上一個類似的。

洛基心想，搶先公會拿到魔石這件事情也是，看這個男的一臉斯文，想不到行事這麼果斷。

面對面的男神似乎察覺到她的想法，以俊美容貌對她微笑。

「少來這套，肉麻兮兮的。」，洛基厭惡地揮揮手。

「……哎，總之我就相信你唄。反正只要事後求證的話，這種事情是騙不了人的咧。」

「不好意思。謝謝妳，洛基。」

誤會冰釋似乎讓狄俄尼索斯姑且放心而呼出一小口氣。

「其實我在迦尼薩的『宴會』上面也在打探殺害我家孩子的人隸屬於哪個【眷族】，對其他神試著套了話。」

講到這裡，狄俄尼索斯終於坦白一切，洛基這才想起前幾天「宴會」上面的情形。

「我看妳這次一定在打什麼壞主意吧？」——這個男人當時的確這樣問過自己。

原來他也不忘對自己(洛基)套話並偷偷觀察反應嗎？

混帳傢伙。洛基在心中咬牙切齒。

「……不過，能夠不耍任何伎倆正面對付Ｌｖ．２的冒險者，而且還能輕易葬送對手的性命。這就表示那個凶手(孩子)是Ｌｖ．３……不，是相當於Ｌｖ．４，或是更高等級的高級冒險者嗎？」

「嗯，應該是的。」

「擁有Ｌｖ．３以上冒險者的【眷族】沒幾個呢。」

正因為如此，狄俄尼索斯才會刺探洛基吧。

他沒有理由不懷疑擁有艾絲這群第一級冒險者的【洛基眷族】。

「不，也有人像荷米斯一樣故意隱藏眷族成員的【升級】不報。不能夠大意。」

「那個軟腳蝦竟然搞這種花樣啊……」

「是啊。天神能夠看穿孩子的謊言，不過卻無法猜透天神的想法。」

天神裡面多的是老油條。狄俄尼索斯講到這裡加強了語氣。

在這場密談中他頭一次橫眉豎目起來，並堅決地宣稱：

「對我而言，都市裡面的所有神都是嫌犯，是孩子的仇人。」

金髮男神兩眼直望洛基，顯示出堅定不移的意志。

在他玻璃色眼眸的注視下，發出「哦……」一聲的洛基略微睜開雙眼。

然後她露出笑容興味盎然地問道：

「那，我呢？」

「……算得上無限接近清白吧。」

「就直接算我完全清白不行嗎？」

洛基對微笑的狄俄尼索斯咒罵一句。

「至少在都市的所有天神中我最信賴妳啦。」，他對洛基露出了笑容。最好是啦。她在心中如此嘟噥著。

「雖然不知道那個凶手目的為何，哎，總之不會這麼簡單就結束啦。畢竟下水道還有怪獸咧。」

「是啊，一定像妳說的這樣。」

「你們不是之前就到處調查過嗎？沒有盯上哪個可疑分子嗎？」

面對洛基這句疑問，狄俄尼索斯變得面無表情、瞇細了眼。

他身體稍微前傾，並壓低音量以免被人聽見。
「洛基，妳認為那個食人花怪獸是怎麼運到地上來的？」
「……照常理來想，應該是為了辦慶典而捕捉怪獸的迦尼薩那邊做的吧。」
在怪物祭當天之前就已經有各種怪獸被送到了競技場。
除了那個派系外，沒有人能夠在不受懷疑的情況下光明正大將怪獸們從地下城帶到地上，而且不受公會取締。
「可是，那個迦尼薩可是超愛孩子的耶？他不可能主動做出讓孩子們身陷險境的行為咧。」
腦海裡面浮現出戴著大象面具、總是做出些奇言異行、膚色淺黑的男神。
洛基斷言只有那個值得敬愛的笨蛋（迦尼薩）絕對不可能笑裡藏刀。懷疑到他頭上才叫無聊。
「與其懷疑他，倒不如猜想有人像哪個美神（花癡）一樣從旁搶走了怪獸，要不然就是迦尼薩的屬下（孩子）擅作主張打壞主意，這樣還比較有……」
洛基講到這裡，狄俄尼索斯打斷了她並搖搖頭。
「不對喔，洛基。妳把前提弄錯了。」
然後，他把臉湊到洛基眼前，在彼此視線交纏的狀況下告訴她：
「是誰命令迦尼薩他們捕獲怪獸的？追根究柢，是誰主辦怪物祭這種活動的？」
這次洛基真的睜圓了雙眼。
「你是說全都是公會在搞鬼嗎？」

面對洛基的反問，狄俄尼索斯用無言表示肯定。

洛基目不轉睛地盯著他的臉說了「不可能。」，並稍微搖了搖頭。

「那個管理組織（公會），那個烏拉諾斯可是一直守護都市和平至今耶？現在他有什麼必要做出威脅都市安全的行為啊？」

「但是，我認為嫌疑最大的就是公會。至少我有理由懷疑他們。」

的確，怪物祭是公會發起舉辦的。不是洛基祂們這些天神為了好玩而開始的。

怪物祭的歷史其實並不久，是近年來突然提出的。公會方面對這種祭典沒做什麼說明，在諸神大會上也是以「因為好像很有趣」為理由而認可了這項企畫。

洛基這個時候終於明白，狄俄尼索斯為什麼寧可冒險也要搶走食人花怪獸的魔石。因為他從一開始就在懷疑公會，所以要搶在對方之前行動。

洛基沉默不語。

狄俄尼索斯觀察了閉口不語的她一會兒，然後緩緩開口說道：

「關於這件事，我有個提議。」

「……？」

「洛基，可以拜託妳去刺探一下公會嗎？」

洛基愣住了，過了好一會兒才動起來。

「啥？」

「如果公會擁有Lv.3以上的棋子……烏拉諾斯擁有私兵的話，我的【眷族】輕易接近他就會有危險。從這點來考量的話，洛基率領的是都市最強的著名【眷族】，這樣就不用擔心了吧？」

「喂！給我等一下！少開玩笑了！我才不要做那麼麻煩的事情咧！」

她口氣惱怒地回答，不過狄俄尼索斯毫不在乎。

然後，他用狡猾的表情瞇細了玻璃色眼眸。

「洛基也不可能當作沒事就這樣作罷吧？」

——這個混帳。

洛基恨不得能夠抓住眼前這個男人的衣襟賞他兩巴掌。

狄俄尼索斯說得沒錯，可愛的眷族成員們（艾絲她們）都遭到波及了，洛基無法袖手旁觀。線索就掛在眼前，她沒有道理不咬上去。

狄俄尼索斯露出令人惱火的滿面笑容，一口白牙反射著光芒。

「……我看你本來就想把我扯進來，只是時間早晚的問題吧？」

「哪裡的話，只是湊巧罷了。」

洛基感覺自己上了當，同時不禁咋舌起來。

狄俄尼索斯先是否定洛基的指摘，接著又說：

「不過，我的確想找人幫忙。」

面對眼前這個大言不慚的男神，洛基已不再隱藏自己險惡的視線。

狄俄尼索斯對她的冷漠眼神一笑置之，似乎知道是時候離開了，並慢慢從座位站起身來。

「我們也會自行調查。不介意的話，希望妳考慮考慮。」

要是有什麼進展的話，我會通知妳的。留下這句話，他便走出了休息室。

洛基瞪著他離去的背影幾乎要瞪出一個洞來，然後便坐回座位上。「可惡——」，她咬牙切齒地呻吟，並將雙手交疊在後腦杓、注視著半空中沉思了半晌。

她忘記了時間，沒發現窗外的菲兒葳絲早已不見人影。

這個時候，伯特一個人進來休息室看看情況。

「喂，好了沒？」

伯特問道，洛基繼續保持相同姿勢，然後鬆開了雙手。

她霍然起身，彷彿下定了決心。

「抱歉，再陪我一下吧，伯特。」

看到主神收起嘻皮笑臉的態度，嘆著氣的伯特沒說什麼，只是默默地跟從。兩人走出旅館後穿過東大街，經過中央廣場前往了西北大街。

再次一踏進有著「冒險者街」之熟悉別名的繁華大街，無論站在哪個位置都可以望見莊嚴的萬神殿——白柱打造而成之公會本部的一部分。

「伯特你在這裡等我。」

「又要等喔……」

「如果我過了一個小時還沒回來，你就當我出事了，可以採取行動沒關係。拜託你咧。」

再次吩咐伯特原地待命後，洛基走到公會本部前庭的前半位置。

為了避免引起不必要的戒心，接下來最好自己一個人前往。至少不會連一句話沒說到就吃閉門羹。

她的目的地只有一處，那就是公會中心，某尊天神巍然而坐的本城。

「好啦，看看對方會怎麼出招唄……」

從頭到尾看了一遍美麗的純白神殿後，她再度邁步前行。

頭頂上碧空如洗，與眾多冒險者擦身而過後，洛基踏進了公會本部。

在柏斯的命令下全面封鎖的「里維拉鎮」中散播著前所未有的鼓譟與動搖。

騷動始終未能平息，力大如牛的矮人們把穩放在拱門前的大石頭推到北門與南門，堵住了兩個出口。

藍白水晶的城鎮如今化為冰冷的牢獄。

「大家集合得好快喔。」

「因為我威脅他們說，誰敢不聽號召就把他列入鎮上的危險人物名單（blacklist）。這樣一來任何店家都不會做他的生意。今後還想在這個要地（城鎮）歇腳的傢伙們就算再不情願也得乖乖聽話啦。」

「再說，大家也怕落單吧。」

「是啊。」，柏斯點頭回答芬恩的低語。在他們視線前方，一大群人心神不定地晃著身體，每個人只是程度不同，臉上都帶著不安與恐懼。

柏斯已經親口告訴大家第二級冒險者（哈桑納）遭人殺害的消息。一旦知道實力足與第一級冒險者匹敵的殺人魔潛伏於鎮上某處，不敢一個人行動是極其自然的舉動。

地點在水晶廣場。這裡是城鎮的中心地，空間寬敞且視野開闊，是鎮上最寬廣的地點。廣場中央一對巨大的藍白水晶柱有如雙子般並立，包括染血的全身型鎧甲在內，哈桑納的私人物品也被搬到這裡來。

所有冒險者在這周圍林立著水晶與攤販的廣場集合。

「要是能夠找到你們之外的第一級冒險者，凶手就呼之欲出了……」

「那個人必定從一開始就想引起騷動。也許做了喬裝易容，或是謊報官方Ｌｖ……總之應該有一、兩個不會輕易引人懷疑的對策。」

「也就是說對方也不是笨蛋了。」

芬恩與柏斯在雙子水晶下環顧冒險者們。

隨便一數，集合人數包括鎮上居民在內也有五百人。「里維拉鎮」是迷宮內的據點，人潮總是熙來攘往，比起鎮上的平均總人數，這個數字不多也不少。

「要把這麼多人查過一遍好像會很累……」

「嗯，不過……人數還可以再減少一點。」

蒂奧娜看著聚集在芬恩他們身旁的冒險者們。正被這麼多人數嚇到時，聽到了艾絲的回答，蒂奧娜發出「欸？」的聲響並瞪圓了雙眼。

「因為襲擊哈桑納先生的人，應該是女的……」

「啊，對耶！只要查探女性冒險者就行了嘛！」

「妳啊，這點小事情應該知道吧……」

「如果要追加一點的話，那就是要擁有能夠挑逗男人慾望的，性感身材吧。」

聽了艾絲回答，蒂奧娜恍然大悟地笑了起來。蒂奧涅拿這個老妹沒轍，一旁的里維莉雅又補充說明。「那不是超簡單的嗎！」，蒂奧娜又繼續說道，而蕾菲亞聽了不由得苦笑起來。

「最快的方法是確認【能力值】……也就是Ｌｖ．，不過這樣就嚴重違反了情報守密的規則。」

「況且大模大樣查人隱私也會引來都市中所有【眷族】的反感呢。」

里維莉雅說完，蕾菲亞隨聲附和。

不久，在艾絲等人的旁觀下，冒險者們被分成男、女兩組。約莫兩百名的女性冒險者中很多是亞馬遜族。就像「古代」的獵巫行動一樣，她們被聚集在同一處，一大群男人包圍著她們。

有的女戰士（亞馬遜人）抬頭挺胸表示自己問心無愧，有的貓人（cat people）少女尷尬地縮起了肩膀，細細的尾巴忐忑不安地扭來扭去。

現在第18層正處於「白晝」。

設置於廣場的巨大沙漏——告知「白晝」與「夜晚」等樓層粗略時段的手動機械——落下的沙子所剩無幾時，一切準備都齊全了。

在地下藍天的俯視下，他們開始企圖揪出凶手。

「首先就依照正常程序先檢查身體和行囊吧。」

「唔嘻嘻，這樣的話……」

聽了芬恩的建議，露出下流笑容的柏斯抬起頭來對女性冒險者們喊道：

「好，妳們這幾個娘們！我要調查妳們身上每個角落，把衣服脫了——!!」

「唔喔喔!!」

聽到柏斯這項要求，所有男性冒險者都發出了熱烈歡呼。

看到這些臭男人高舉雙手幹勁十足，「少開玩笑了——！」、「去死啦——！」，女性冒險者們破口大罵、怨聲載道。

「那些人在胡說八道。妳們幾個由我們檢查吧。」

「是——」、「嗯。」、「那些男人怎麼這麼團結？」、「我、我明白了！」

把高聲吶喊的男人扔在一旁，里維莉雅走上前去自願負責檢查。艾絲她們也聽從她的號召跟了上去。

儘管男性冒險者們噓聲不斷，艾絲她們只是橫向排成一行，準備替各位女性冒險者檢查。

「那請大家到這裡排，隊……」

蕾菲亞正要請大家在自己面前排隊，她的聲音卻不自然地中斷。

在她的視線前方，女性冒險者們看都不看艾絲她們一眼，而是在芬恩的面前大排長龍。

「芬恩，快點幫我檢查嘛！」、「拜託你！」、「身體每個角落都要喔!!」

「……………」

好幾個少年愛好者(女人)逼近兩眼無神的芬恩。

【勇者(Braver)】芬恩・迪姆那。

他在歐拉麗可是女性冒險者人氣屬一屬二的第一級冒險者。

「那・幾・個・淫婦……！」

「等一下啦，蒂奧涅——！」

「放開我！團長要被那些變態非禮了耶!?」

看到衝向芬恩的娘子軍，蒂奧涅氣得七竅生煙。蒂奧娜拚命架住即將失控的姊姊大聲嚷嚷說：

「妳自己照照鏡子吧——！」

「芬恩被推倒啦——！」

「不對，是被帶回家啦——！」

「——嗚嘎啊啊啊啊啊啊啊啊啊啊啊啊啊啊啊啊啊啊啊啊啊啊啊啊啊啊啊啊啊啊啊啊!!」

男性冒險者的慘叫響遍四周，接著小人族少年被人擄走。

氣得發瘋的蒂奧涅甩開妹妹的手，城鎮廣場陷入一場大混亂。

「呃，嗯……」

「啊啊，都亂成一團了……」

眼前一片混亂景況已經沒人顧得了抓犯人了，艾絲跟蕾菲亞都大感頭疼。

里維莉雅與蒂奧娜趕緊介入阻止鬥毆，現場氣氛頓時喪失了緊張感。

「……？」

無意間。

艾絲傷透腦筋四處徘徊的目光在人群當中捕捉到一名人物。

那是個犬人(chienthrope)少女身上帶著的中型隨身包(pouch)。

小麥色的肌膚此時慘白得有如病人。

「艾絲小姐？」

艾絲停下動作，視線緊盯著那名少女，而蕾菲亞也注意到她在看誰。

那位犬人少女一個人佇立在喧鬧人群裡顯得格外突兀，她愕然注視著雙子水晶廣場的中心害怕得發抖。

後退幾步後，她趁著群起混亂的場面迅速逃出了廣場。

「——我們走。」

「好、好的！」

她不可能放著那麼可疑的人物不管。

艾絲出聲呼喚蕾菲亞，她點點頭，兩人加緊腳步追趕著少女。

（事情麻煩了……）

那個人在心中自言自語。

遠遠望著此時掀起以小人族少年為中心之鬥爭的廣場中心，那個人將差點溢滿而出的煩心嘆息壓在口中。

（還是太衝動了，不該殺了他的……可是既然被他看見也只能封口了……厄倪俄也是這樣吩咐我的。）

手上至今仍留有扭斷男人喉嚨、折斷頸骨的觸感。

那個人稍微蠕動手指、右手淺淺開合，心中一股情緒無處發洩、難以自理。

（接下來該怎麼做……這下子不好行動了……不對，也許那個根本已經不在這座鎮上了……但我總覺得那個還在這裡……）

那個人在心中一再暗忖。

夾雜在群眾當中，不敢大意的那個人注意著在廣場中心掌握局面的那些人，同時動腦思考。

（除此之外還有「艾莉亞」那件事……唉，真麻煩……）

那個人心中越來越煩躁，甚至瞬間自暴自棄萌生出「乾脆把在場所有人通通殺光好了」的想法——這個時候，那道光景掠過了視野。

一個獸人冒險者跑過人群，後面有名金髮劍士與精靈魔導士在後方追趕。

一方被追、一方追人，她們散發出非比尋常的氣氛不顧一切地跑離廣場。

「……」

發出「喀」一聲，那個人改變了雙腳的動向。

那個人沉默地穿過群眾，在承受旁人訝異眼光的情況下追逐那幾名少女。

樓層上空，大朵水晶花在天花板上面綻放。

水晶光源逐漸轉淡，「夜晚」即將造訪城鎮。

在地下城尋求邂逅是否搞錯了什麼
外傳

寶珠 第四章

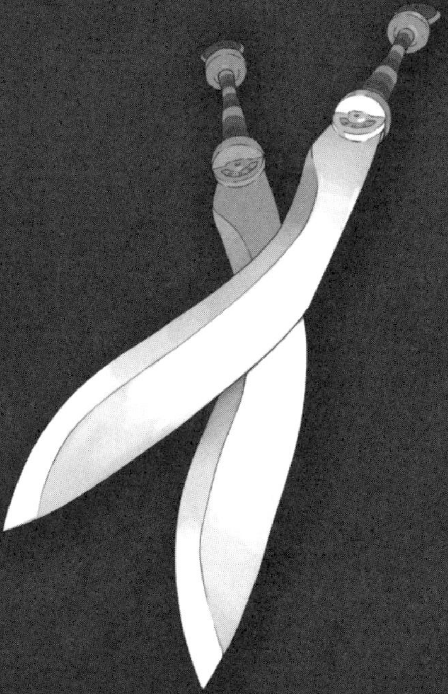

Гэта казка іншага сям'і.

каштоўнасць

穿過公會本部的入口，洛基直接闖過寬廣的門廳。

此時是將近黃昏的午後時分。可能都去探索迷宮了，冒險者人數比起尖峰時刻少了許多。這個時候有人正在對美貌的服務小姐獻殷勤，洛基對那個人感到佩服，同時掃視了周遭情況。

比起那些聚集在張貼冒險者委託之巨大告示牌、面談室周圍的冒險者，還是在門廳各處伺候的公會職員比較顯眼。這些身穿筆挺黑色套裝與長褲的男女職員中，有人已經注意到女神（洛基）的存在。

洛基主動揮揮手，她們臉上浮現微笑，並用優美的姿勢行了禮。

洛基用一副來打發時間的態度在美麗大理石堆砌而成的門廳裡面漫步。

「哦，蜜西亞妹妹。工作很賣力咧。」

「啊，洛基女神。」

看到一個熟人，洛基走向窗口一隅。

她開朗地舉手打招呼，人類服務小姐用有些輕飄飄的笑靨迎接她。

這個女孩名叫蜜西亞・弗洛特，是公會的一名服務小姐，前兩天才在怪物祭與洛基認識。她與協助公會解決問題的洛基合作並到處奔忙，向洛基提供了街上的情報。

她的個頭很小，只有一百五十C上下，桃紅色秀髮搭配孩子氣的臉蛋相當可愛。服務小姐大多都是容貌秀麗的美人胚子，娃娃臉的她相當罕見。

「有什麼事嗎？」

「這個嘛，我有件事情想打聽一下唄。」

面對有時咬字不清的她，洛基把手肘靠在窗口上。

她笑容可掬地問道：

「烏拉諾斯在嗎？」

名字出口的瞬間，蜜西亞僵住了。

氣氛和諧的門廳內彷彿只有她與洛基這塊地方被隔離開來、寧靜無聲。

不久，睜圓雙眼的蜜西亞顯而易見地慌張起來。

「烏、烏、烏拉諾斯神嗎？呃，這個，那個……!?」

「蜜西亞妹妹，不可以喔。大家都很忙，自己的事情要自己做咧。」

她正要轉頭向其他人求援時，洛基溫柔地執起她的手低聲呢喃。

其他的服務小姐似乎正好離開，窗口除了蜜西亞外沒有其他人。職員們遠遠看著她狼狽的模樣，只當是性好女色的女神又在泡妞了。蜜西亞一個人孤立無援。

在洛基眼前，她露出恰似被蛇纏身的表情。

「……我、我去聯絡高層人員（上級），請、請您稍候……」

「那太麻煩，不必了。那這樣好了，蜜西亞妹妹，可以只回答我一個問題好唄？」

蜜西亞想設法脫身，不過洛基緊緊抓住她的手不放，用手指輕輕地摩娑。

像小動物般一直發抖，戰戰兢兢的她抬眼望著洛基說「請、請說……」，洛基用始終如一的笑容向她問道：

「烏拉諾斯是不是在老地方？」

娃娃臉服務小姐既不能說對，也不能說不對，只能悄悄把視線挪開。

「……」

看到她藏不住祕密的表情，洛基破顏而笑。

「蜜西亞妹妹，謝謝妳囉──。下次請妳喝酒。」

「洛、洛基女神⁉」

邊揮手邊道謝的洛基離開了窗口。

接下來洛基的動作快如閃電。

她經過窗口走進從門廳通往深處、只有相關人士才能進入的走廊。她行步如風、跨步前進，好幾次與抱著整疊文件的公會職員擦身而過。

因為她的態度實在是過分光明正大，而且步伐又那麼瀟灑，職員們被突如其來的景況嚇了一跳都來不及反應，只能半張著嘴，甚至還無法出聲叫住她。

「我記得應該是這條路沒錯……」

走過擺滿辦公桌的第二辦公室、有如圖書館的資料室等本部一樓的各個房間前，洛基舉目四望。

她憑藉著以前來過的記憶在職員專用走廊上面轉彎好幾次，不久後，繡有金線之鮮紅地毯闖進她的視野。她「哦」了一聲加快腳步，並來到一條既寬且長的直線走道。

鋪在列柱林立之大走道上的紅地毯一路延伸到走道深處通往地下的階梯。

「——請留步，洛基女神!?」

「嗯……來了啊。」

正當洛基要走向地下階梯時，連續傳來好幾個響亮跫音絆住了她。

一名中年精靈男性帶著一大群公會職員現身了。

儘管穿著品質比一般職員好的套裝，不過隨時會發出聲響的腹部贅肉硬是把衣服撐了開來。他用手背擦了鬆弛下巴滴落的汗水好幾次，後退的髮際線長出一些短短白髮且晃個不停。或許是心理作用，好像連尖耳朵都下垂了一點。

儘管身材不矮，不過無奈橫向發展的體態不必要地使他顯得短小。滿是肥肉的大腿也一樣又粗又短。

他跟一般人能夠想像得到的那種眉清目秀精靈有著很大的落差。

「唷，洛伊曼，好久不見。過得還好嗎？」

「洛、洛基女神！這裡是通往烏拉諾斯祭壇的神聖之路！請回吧！」

洛基輕鬆地出聲寒暄，精靈男性與屬下們停下腳步，在她跟前站定。

「呼……呼……」，一個人氣喘吁吁的他正是公會實質的最高掌權者，洛伊曼・馬迪爾。

身為精靈這種長壽種族的洛伊曼已經在公會服務了一個世紀以上，並早在十幾年以前就任組織高官。年齡超過一百五十歲的他擁有都市營運事項的最終決定權，同時也因為長年賴著這個地位的關係，他得以連日豪遊、奢華度日。

那腦滿腸肥的身體忘卻了精靈血統，簡直有如一代致富的巨賈。「請您立刻回去吧！」，他連聲喊道。左耳進右耳出的洛基友好地走向他的面前。

「嗯……，你是不是又胖啦？看看這肥嘟嘟的肚子——」

「您在抓哪裡啊……！」

洛基右手繞在對方的肩上，左手掐著他的肚子肉。

她扯扯那團贅肉不時搖晃個兩下，使得洛伊曼眼角直抽搐。他好幾次想甩開洛基，不過洛基只是嘻嘻笑著、不肯鬆手。

洛伊曼・馬迪爾這號人物受到歐拉麗所有精靈的鄙視。

忘記了種族驕傲與矜持、厚顏無恥、沉溺於金錢而墮落，甚至還變得又肥又醜，很多人罵他是「公會的豬」並加以唾棄。就連里維莉雅都罵得難聽，說他是「一族之恥」。

看著這樣的洛伊曼面紅耳赤地尖聲大叫，洛基只覺得「孩子們真是可愛啊」。

洛基在洛伊曼身旁跟他勾肩搭背，心裡面的想法與里維莉雅他們正好相反。

連冰雪聰明的精靈都能夠墮落至此。孩子們是多麼愚蠢而可愛啊——每當看到洛伊曼，深愛世間所有滑稽丑角的女神就會萌生這種想法。

同時她也覺得，下界就是這樣子才有趣。

「女神洛基！容我重申一遍，這裡原本就是不可入侵的場所，再說公會是絕對中立的組織，就算是天神也不能夠侵犯……！」
「別那麼不近人情嘛。我只是有點事情想問烏拉諾斯而已，可以唄？」
「不可以！萬萬不可！」
隨口應付著站在奢華地毯上對自己頂嘴的洛伊曼，洛基稍微瞄了一下別處。旁邊的其他人也不敢插嘴介入公會會長與天神的爭執，只是不知所措地呆站在原地。
如果要懷疑公會的話，洛伊曼的確是必須刺探的一名人物……不過洛基確定他是清白的。因為長年過著放蕩生活的他不可能做出威脅都市安全的行徑，進而平白放棄現在的好日子。與其懷疑他，還不如去找可能巧舌如簧地引誘他的進言者，例如旁邊的這些職員們。
不過，洛基想找的人終究只有穩坐公會中心——待在那地下階梯後方等待的神物。
（這下子怎麼辦呢——）
她本來應該在洛伊曼等人發現前衝下那道階梯的。
儘管洛基貴為一尊天神，不過若是想強行闖關的話，在場的這些人想必會動用武力硬把她架出去吧。地下的那尊神物對公會來說就是這麼重要，而洛伊曼他們也很怕外界人士與那尊神物產生不必要的接觸。
洛基依舊把玩著洛伊曼軟綿綿的肚皮，同時陷入沉思。
「——無妨。洛伊曼，讓她過來。」
就在這個時候。

紅地毯與列柱引導的前方、地下階梯的深處傳來威嚴的聲音。
「可是，烏拉諾斯……！」
「我說可以。你們退下。」
低沉的聲音只用這句話就讓呻吟的洛伊曼閉嘴。
他好幾次看看洛基，又看看地下階梯，然後垂頭喪氣地與其他人接連離開大通道。
洛基目送洛伊曼圓滾滾的背影離去，接著便回身面向階梯這邊。
聲音的主人保持沉默，用無言表示准許通行。在悄然無聲的廣大通道上，洛基一個人踩著地毯朝著通往地下的黑暗深淵前進。
「……」
蹬音咯噔、咯噔地迴盪。
魔石燈的亮光不足以照亮長長的階梯。洛基手扶著牆走下階梯。
——公會的起源可以追溯到一千年前左右。
被稱為「古代」的時代，在這塊土地上，從地下大洞湧出的怪獸與人類持續著長年激戰。
人們期望著塞住大洞的「蓋子」——高塔與要塞能夠早日完工，公會的前身機構主導著阻止怪獸進軍地表的計畫，然而計畫卻一再受挫。
高塔與要塞總是在即將竣工之時遭到怪獸們破壞，每每造成重大的傷亡。許多偉大的英雄也為此犧牲。

好不容易蓋起了高塔，但計畫卻又宣告失敗，就在人族經歷過無數次敗北而感到絕望並一蹶不振時——光明自上天灑落人間。

諸神降臨。

天神在遭受怪獸蹂躪的下界各地現身，此地也是一樣，有許多的天神降臨。他們不在乎地對驚慌失措的人族說「我們是來追求娛樂的」，而那尊男神也在祂們之中。

一尊天神投注心力致力於建造高塔、要塞。

為這片土地初次帶來「神的恩惠」的不是別人，正是他。

他的盡心盡力加上其他諸神的協助，人們成功阻止了怪獸的攻勢，這才完成了作為歐拉麗原型的要塞都市。

敬拜男神為「歐拉麗的創設神」的前身機構在男神的帶領下重新修編組織，以他為主神的一大派系，都市的管理機構——公會就此成立。

直到現代，仍有許多人崇拜這位天神，其名為——烏拉諾斯。

「……唷，好久沒見面咧。」

走下階梯，前方是讓人感覺歷史悠久的石砌大廳，祭壇。

大塊石板覆蓋住地面，彷彿神殿的隱藏地下空間。照亮籠罩著黑暗的周圍空間的不是魔石燈，而是搖曳著紅色火焰的四把火炬。

在形成四角形的火炬圍繞的祭壇中央。

一尊坐在巨大石造王座——神座上，魁梧奇偉的老神從連衣帽底下投來視線，蒼藍眼瞳朝向洛基。

「有何貴幹，洛基。」

低沉渾厚的聲音震盪著空氣。

身高超過二M的強壯軀體以長袍裹身。深刻皺紋的端整面容，下巴蓄著白鬍，從連衣帽可以稍微窺見同色的頭髮。靜謐的神情好似雕像般矗立不搖。

將粗壯雙臂放在神座扶手上巍然穩坐的姿態正是尚未親睹諸神的「古代」人們所想像的天空統治者形象。

在眾神當中體格無比高大的老神極具魄力，他所具有的高度神格足以讓下界人們無條件俯首聽命。

「沒什麼，只是來露個臉……有點事。」

洛基登上祭壇中心、走到神座前面。

「慶典搞得一塌糊塗呢。聽說各方人士把你們罵得狗血淋頭，還好唄？」

「都市營運之事全部交由洛伊曼等人負責。與我無關。」

自從奠定了歐拉麗的基礎後，烏拉諾斯就始終保持著「君臨而不治」的態度。

他將都市管理工作交給洛伊曼這些職員，自己則是關在這個祭壇裡面。為了預防必要的糾紛，他沒有賜與職員們「神的恩惠」，公會本身堅持貫徹著都市管理者的身分。

他們不自稱為【烏拉諾斯眷族】，就是在宣稱放棄武力。
只要主神（他）沒有暗藏私兵，公會就沒有戰力。
「洛伊曼他們也夠倒霉的了，讓你這種老頭把所有麻煩事都塞到他們身上。」
洛伊曼不樂見烏拉諾斯與外界人士接觸，原因也出在公會的這種構造上。
縱使他被任命為最高負責人，但還是無法違逆主神尊言。一旦烏拉諾斯改變心意，公會的組織體系也有可能一百八十度轉變。為了不讓他人對主神灌輸些有的沒的，不想失去目前地位的高層人員便將這座祭壇奉為神聖之地，讓祂得以在物理、精神層面上遠離群眾。
「妳想說些什麼。」
從另一方面來說，這座祭壇的確也是不容侵犯的聖域。
烏拉諾斯之所以不離開這裡，公會之所以懇求主神在這祭壇閉關，是因為他在向地下城獻上「祈禱」。
烏拉諾斯獻上「祈禱」——以他強大的神威鎮壓著地下城，藉以阻止怪獸大軍進犯。他將許多怪獸壓制在各個樓層（地下），成功遏止了「古代」頻繁發生的地表進攻。
至少公會是這樣深信不疑。
洛伊曼他們最害怕的，就是地下城目前的均衡狀態崩解。
讓洛基來說的話，她倒是很想抱怨一句：怎麼會是天神在祈禱咧。
「今年的慶典發生了好多狀況啊。還出現了有夠噁心、怪裡怪氣的怪獸。那玩意兒是從哪裡運過來的，又是誰下的命令……這點讓我相當好奇咧。」

「……」

洛基盤問似的講了一長串話，烏拉諾斯只是保持沉默。

他動也不動，始終深深坐在神座上。

洛基向統治都市的統治者，同時也是緊握公會轠繩的神物詢問了事件核心。

「在食人花怪獸背後牽線的，是公會嗎？」

嗶剝一聲，火炬爆出火星。

火花飛濺讓火光照亮著龐大身軀，烏拉諾斯開口了。

「這倒不是。」

蒼藍眼瞳盯著洛基的朱紅視線如此告訴她。

「這、這、這倒不是，是唄。」

洛基喃喃自語，注視著隔了一段距離坐在神座的天神容貌。

隱藏在連衣帽底下的威嚴神情跟一開始並無二致，仍然維持著靜謐。窺視著那雙蒼藍透明眼瞳的深處一會兒後，洛基壓低了聲音說了「這樣啊」。

「抱歉打擾啦。工作要加油咧。」

洛基身子一轉背對烏拉諾斯。

讓跫音溶入只響起火炬燃燒聲的祭壇，洛基走向了出口的階梯。

儘管有很多疑點，不過烏拉諾斯應該不是事件主謀。

暫且不做結論的狀況下，洛基先下了如此判斷。主神也許話中有話，但卻故意像剛才那樣拐彎抹角，好讓洛基覺察到他的言外之意，而且她也感受到他的眼神是可以信任的。

（好像一直有人在監視……算了，管他的。）

是狄俄尼索斯的直覺失準，還是公會內部發生了某種烏拉諾斯意志無法觸及的狀況？

無論如何，這次算是有了收穫，洛基姑且感到滿意。

通往地上的階梯近在眼前時，她轉頭望向背後。

未曾打破沉默的天神一動也不動地穩坐在巨大神座上。

第18層的水晶天空，正要從「白晝」轉為「夜晚」。

生長在天花板中央的無數白水晶停止發光，周圍的藍水晶也減低亮度。眼見著灑落森林與大草原的和煦白光慢慢減少，整個樓層也開始變暗。

樓層西部搭蓋在湖泊島嶼上的「里維拉鎮」即將籠罩在蒼茫昏暗之下。

「呼，呼……！」

周圍不斷變暗，腳邊生長的藍水晶仍然散發出淡淡光輝，獸人少女在錯綜複雜的岩石巷弄中奔跑。

她氣喘吁吁地回頭看向背後，只見一頭耀眼金色長髮的劍士還有濃金色頭髮飄飛的魔導士追在自己後頭。顫抖的雙眸看見了兩名追兵，她幾乎陷入了恐慌，不斷地往前逃跑。

以水晶廣場為中心，西北方城牆附近的街區一隅。

她一口氣奔上坡道與階梯，以獸人特有的靈巧身手踹向岩石暴露的地面。晃起掛在右肩的隨身包再度回頭一看，尾隨者還是窮追不捨。

不過，拚命追趕自己的只有手持法杖的精靈魔導士。有一個人在不知不覺間消失了。

儘管露出了訝異表情，不過獸人少女還是彎過轉角、逃進小徑。

這是一條夾在巨大藍水晶與岩壁間、模樣有如山谷的細長直線道路。

她一個勁地跑在長而平坦的路上時——金髮劍士艾絲冷不防出現在她的前方。

「咦!?」

看到艾絲佇立在道路正中央彷彿要擋住她的去路，獸人少女不禁愣然。

她將後方追逐交給精靈魔導士蕾菲亞，自己以驚人速度繞到前方等候著獸人少女自投羅網。

艾絲從前方慢慢走來，背後則是有蕾菲亞一路跑來。遭到包抄的獸人少女在無處可逃的狹窄巷弄正中央兩腿一軟、癱坐在地上。

「喝啊，喝啊……終於抓到她了呢。真不愧是艾絲小姐。」

「沒有。是因為有，蕾菲亞幫忙。」

艾絲與喘不過氣來的蕾菲亞從前、後兩方低頭看著坐在地上的少女。

她是個犬人，一頭黑髮中長出了垂在頭上的獸耳。肌膚呈現健康的小麥色，細瘦手腳富有獸人的柔韌感。

少女穿著綁帶長靴與單薄的戰鬥衣(battle cloth)，沒有裝備任何防具。

「比起我們來問話……還是交給團長他們比較好吧。」

「嗯，回廣場吧。」

艾絲與蕾菲亞認為形跡可疑的她嫌疑重大，想把她帶到芬恩他們那邊——然而。

「不要！」

少女下垂的耳朵震了一下，淚水隨即盈眶而出，並抬起頭來哀求道：

「拜託妳們！不要這樣，不要把我帶去那裡！要是回去那裡的話，接下來就輪到我了，一定是我……！」

「那、那個……」

「等、等一下，妳在做什麼啊!?」

犬人少女纏著艾絲，抓住她的雙臂，從下方抬頭望著她。

艾絲慌了起來，蕾菲亞急忙想要拉開少女，但她只是說著「拜託，拜託……」，低垂著臉不住搖頭，不肯放開抓住的手臂。

看到她這副拚了命的模樣，艾絲與蕾菲亞困擾地面面相覷。

「該怎麼辦才好？」

「……帶到沒有人的地方吧。」

「這樣好嗎？」

「嗯，因為她好像很害怕……等她平靜下來，再問她怎麼了吧。」

注視著嚇壞了的少女，艾絲提議道。

蕾菲亞似乎也明白這樣下去不是辦法，最後點了點頭。拉起少女的手，三人一起前往別處。

艾絲等人前往的地點位於西北城牆附近，算是鎮上的倉庫。

周圍放置著無數搬運物資用的貨物箱，其他還有十字鎬、鏟子、木材放在角落。大概是用來修建城鎮的工具都集中收放在這裡吧。也許是因為鎮上所有人都到廣場集合了，這裡看不到半個人影。

比艾絲她們個頭更高的組合式貨物箱有些並排放著，而有些則是高高疊起，看起來就像是用積木堆疊起來的城堡。

兩人帶著少女走進倉庫深處，來到一處貨物箱圍繞的空地，艾絲等人就在這裡面對面交談。

「可以講話了嗎？」

「……嗯。」

蕾菲亞找到攜帶用的魔石燈將其點亮。

掛在貨物箱尖角的燈光照亮了陰暗的周圍空間，犬人少女點頭回答艾絲的話。
「妳的名字是？」
「露露妮……露露妮・路易。」
「可以把Lv．與隸屬派系也告訴我們嗎？」
「第三級，Lv．2。隸屬【荷米斯眷族】……」
略微低著頭回答艾絲與蕾菲亞的問題，少女露露妮似乎恢復冷靜。雖然快活的臉龐此刻罩著陰霾，不過回答得很清楚。
注視著她的眼睛，艾絲問她有什麼隱情。
「妳為什麼，要逃出廣場？」
「……因為我覺得有人要殺我。」
「為什麼這麼覺得？」
看她沉默不語，艾絲一針見血地追問：
「因為妳身上帶著，哈桑納先生的隨身物品？」
蕾菲亞與露露妮都睜大了雙眼，艾絲的金色眼瞳朝向那個隨身包。
露露妮反射性去碰此時仍掛在右肩上的中型隨身包，最後終於坦白似地僵硬點頭。
「妳怎麼會有哈桑納先生的隨身物品……難、難道是妳偷的？」
「不、不是的！我是……接受了，委託。」

聽到委託兩個字，蕾菲亞心頭一驚。她看看艾絲，艾絲腦海中也浮現出從哈桑納行囊中找到的那份染血羊皮紙。

艾絲催促似的問道：

「委託的內容呢？」

「在這座鎮上領取貨物並送到地上……拿給委託人。」

「也就是送貨人嗎？」

「嗯。」，露露妮肯定蕾菲亞的話。

「我們說好，在指定的酒館跟帶貨來的人碰頭。雖然我不認識對方，不過對方事前跟我說過裝備的特徵，所以全身型鎧甲的冒險者來到店裡時，我馬上就認出他了。」

再來只要假裝成陌生人若無其事地接近他並講出暗語就行了。

全身型鎧甲的冒險者——哈桑納也立刻察覺到露露妮是委託的對象，露露妮一瞬間就從他手中接過貨物。兩人接觸的時間想必十分短暫，以至於想要對貨物下手的長袍女子都沒有發覺。

之後哈桑納覺得委託已經辦妥而感到鬆懈，這才會被女子色誘而慘遭殺害。

「竟然將職務分配給兩個人，而且還雇用不同派系的人……」

分別雇用了取貨人與送貨人，可見那名委託人顧慮得相當周全。就算取貨人被人查出來，只要在這個眾多高級冒險者進進出出的「里維拉鎮」把貨物轉交出去，想要追查貨物下落將會極其困難。

這名神祕委託人徹底進行機密行動，又採取了許多預防對策，這點讓蕾菲亞不禁感到驚嘆。

「委託人，是誰？」

「我不知道……是、是真的啦！前一陣子，我走在無人的夜路上，忽然出現一個怪人……」

露露妮回想著當時的情形，回答了艾絲的問題。

「那個人全身被漆黑長袍覆蓋，是男是女都看不出來。一開始那個人委託我時，我也覺得可疑……可是因為報酬很豐厚……而且那個，訂金也給得很大方。」

露露妮用手摸著脖子，有點難為情地別開目光。

艾絲不禁想像她在拿出金幣的神祕黑袍人面前不停搖尾巴的模樣。

「可是很奇怪耶……露露妮小姐，您是Ｌｖ．２對吧？聽您這樣說，您好像是一個人接受委託……您單獨來回『里維拉鎮』不會很危險嗎？」

「里維拉鎮」座落的第18層——中層中間區域的Ｌｖ．２能力項目到達標準為Ｇ～Ｄ。

因此Ｌｖ．２的人如果不組隊就單獨往返第18層的話，其實力在第三級冒險者中必須達到上級——反過來說，就是Ｌｖ．２還沒有到確實安全的地步——

追根究柢，那個聽起來行事周全的委託人會拜託Ｌｖ．２的冒險者送貨嗎？

蕾菲亞表示疑問後，露露妮明顯狼狽起來……然後吞吞吐吐地招了。

「那、那個……主神（荷米斯神）要我隱瞞升級（rank up）的事情……對、對不起，我其實是Ｌｖ．３。」

「「……」」

艾絲與蕾菲亞露出難以言喻的表情，看著因愧疚而縮成一團的露露妮。她的年紀應該比艾絲還大一、兩歲，現在看起來卻像是個被挨罵的小孩。

不過，這樣就得知了一件事。

那就是那位神祕委託人擁有夠廣的情報網能夠看出露露妮是Ｌｖ．３。

「早知道就不要拖拖拉拉趕快回地上就沒事了。看到眼熟的鎧甲被放在廣場，就知道給我貨物的那個傢伙被殺了……想到凶手的目標可能是這個貨物，我就……」

然後艾絲她們在廣場上就看到了露露妮那副異常恐懼的神情吧。

面對輕聲細語、再度低頭的犬人少女，聽完整件事情經過的艾絲與蕾菲亞沉默了半晌，接著交換一個眼神。

「艾絲小姐，我看還是通知團長比較……」

「——不行！」

蕾菲亞說這件事情她們倆處理不來，但是露露妮厲聲打斷了她。

「我怕有人的地方！殺了哈桑納的傢伙一定還在那裡！要是貨物在我身上的事情穿了幫，接著就輪到我了……！」

露露妮把隨身包緊緊抱在胸前連珠砲似的哭訴個不停。

正當蕾菲亞傷透腦筋時，艾絲注視著露露妮的側臉與那個隨身包，接著開口說道：

「把那個貨物，交給我們。」

聽到這個要求，露露妮瞠目結舌。
缺乏感情的表情當中，艾絲的金色眼瞳強硬地如此主張。
【劍姬】堅毅的眼神讓露露妮畏縮起來，但她似乎又捨不得委託人的報酬，猶豫了一會兒。
將大筆金錢與生命安全放在天秤上面比較過後，最後她大概是明白到「留得青山在，不怕沒柴燒」的道理，忍住了欲望點點頭。
「雖然人家叫我不准多問，還說絕對不可以拿給任何人看……」
她把裝了貨物的中型隨身包放在地上打開。
她拿開底部夾層的隔板、取出一個袋口束緊的袋子。
露露妮神色緊張地拿出圓鼓鼓袋子裡的物品。
「……！」
「這、這是什麼東西……？」
露露妮交到艾絲手中的是一顆雙手合握大小的球體。
綠色的寶珠。透明薄膜包裹著液體——以及詭異的胎兒。
與又小又圓的身體極不搭調的大眼珠往上瞧著艾絲與蕾菲亞。胎兒長著彷彿象徵雌性的頭髮，從頭部位置描繪著曲線直達背脊前端。神祕幼體沒有任何動靜、只是保持沉默，不過卻響著噗通、噗通的微弱脈搏。
掉落道具？

還是地下城的新種怪獸？

蕾菲亞發出近似呻吟的聲音，同時艾絲的眼睛緊盯著那顆寶珠不放。

（這種，感覺……）

一種奇妙的感覺襲向了她。

彷彿與手中搏動的寶珠產生共鳴，心跳聲加快了。

她與胎兒的眼球四目交接，體內血液以駭人之勢開始鼓譟。

（這、這個是，什麼……？）

她不知道眼前的寶珠是什麼。

鼓膜深處響起尖銳耳鳴。皮膚底下竄起一種蚯蚓四處亂爬的感受，一陣反胃猛烈湧上喉頭。

艾絲感到頭暈目眩，下個瞬間，她再也承受不住、雙膝一彎。

「艾絲小姐⁉」

她膝蓋跪地，手中的寶珠滾落地面。

讓蕾菲亞伸手攙扶著上半身，艾絲的呼吸嚴重紊亂。

露露妮已經哭喪著臉、呆站在原地。

「……！」

察覺到艾絲異狀的起源，蕾菲亞衝過去撿起綠色寶珠，與她拉開一步的距離。

「呼，呼……」，胸部上下起伏的艾絲身體徐徐恢復平靜、漸漸恢復過來。

寂靜造訪魔石燈光照亮的倉庫。

在蕾菲亞與露露妮呆滯的旁觀下，坐在地上的艾絲微微睜開眼睛，用手按住了護胸。

那雙眼睛追逐著少女的動向。

從受到昏暗擁抱的身體站立位置，城牆上。

在那個人的視野下方，雜亂堆積著貨物箱的倉庫一隅，人類、精靈、獸人少女正在面對面交談。

屏氣凝息與黑暗同化的視線掃過少女們的臉龐，最後停留在人類劍士身上。

——很強。

眼睛瞇細起來。

那個恐怕很難對付。那個人望著腰上佩帶軍刀、身法毫無破綻的金髮金眼少女並如此輕聲低喃。

後來那個人又觀察了一會兒，然後獸人少女有了動作，寶珠出現了。

那個人變得橫眉豎眼，彷彿在凶狠瞪人似的。甚至沒看到金髮少女不支倒地，只是專心注視著那個綠色胎兒。

一瞬間，那個人將眼光轉向擠滿人潮的城鎮中心地帶，然後再度俯視金髮少女。

最後，那個人伸手進入懷中取出一只草笛。

「——出來。」

嘴唇與草葉間發出尖銳笛聲。

吹響的哨聲在城鎮上空迴盪。

「您還好嗎，艾絲小姐……？」

「……嗯，我沒事。」

聲音有點虛弱的艾絲慢慢站起身來。

蕾菲亞從沒看過憧憬的她這副模樣而不知如何是好。她勉強隱藏起自己的狼狽，低頭看著手中的寶珠。

令人毛骨悚然的雌性胎兒有綠色薄膜保護。她的視線在神祕幼體與艾絲的臉龐之間來回，這個寶珠究竟是什麼東西，她對此感到滿腹疑問。

「要、要不要緊啊……這、這個玩意兒是不是真的很不妙啊？」

露露妮戰戰兢兢地問道。

蕾菲亞拿不出答案，再看了一次艾絲，然後做出了決斷。

「這個我來拿，由我交給團長。」

雖不知道原因，但是這顆寶珠會讓艾絲感到痛苦，不能讓寶珠靠近艾絲。

所幸自己拿在手上身體沒有任何不適。不知道原因是否出在種族差異上，總之自己能夠攜帶這個物品而不會影響到身體狀況。

老實說，她很想立刻把這噁心的寶珠扔得遠遠地，但是為了不讓艾絲受苦，必須由自己拿著才行。

蕾菲亞必須幫助她才行。

「對不起，蕾菲亞……」

「請不要道歉，這點小事就由我來……請艾絲小姐離遠一點。」

蕾菲亞努力擠出笑容，然後看向了露露妮。

她點點頭後把袋子交給蕾菲亞。蕾菲亞把寶珠收進袋子，綁緊袋口的繩子，然後接過隨身包揹在肩上。

接著她拿起立在貨物箱角落的法杖，轉頭看向艾絲與露露妮。

「那我們走吧──」

說時遲那時快。

遠方傳來某種物體崩塌的聲響還有慘叫，以及破、鑼、般的、咆、哮、。

「!?」

她與艾絲還有露露妮睜大雙眼，接著像是被電到般衝了出去。

她們離開倉庫、跑向水晶與岩石間隙形成的昏暗巷弄。叫喊聲不僅從未中斷，反而還更加激烈，被聲音吸引的一行人不斷奔跑，不久後跑出了小徑。

在視野一口氣開闊的突出高台上。

蕾菲亞等人一踏進設置了扶手、視野遼闊的場所，立刻看見從鎮上各處冒出的濃煙，以及……

「那是……!?」

脖子高高伸向空中、無數的食人花怪獸。

「怎麼會讓怪獸入侵啊!?看守都在混是不是！」

柏斯的怒吼響遍四周。

越過高聳城牆，在鎮上各處發出吼叫的一群食人花怪獸讓位於城鎮中央的廣場陷入一片驚慌。

怪獸群讓長條身軀蛇行、蠕動著，從周圍殺向冒險者們聚集的這座水晶廣場。

從一部分遭到破壞的城牆方向傳來了可能是看守的高聲慘叫，壓爛帳棚與小屋的破壞聲也如潮水般湧來。

「————————啊啊!!」

一朵食人花破壞著水晶柱，隨著到處撒落閃閃發亮的如雨碎片到達廣場。以此作為開端，其他怪獸也一口氣湧進廣場。

轉眼之間，揮動觸手的怪獸群便引發了連鎖哀嚎。

「蒂奧娜、蒂奧涅，保護他們！」

芬恩一聲令下，蒂奧娜與蒂奧涅疾步飛奔。

她們手拿大雙刃與反曲刀（kukri knife）飛越人群接近食人花怪獸，以銀光大斬與兩道刀光砍斷敵人的頭部與觸手。

「慶典時也是這樣，這些傢伙是從哪裡冒出來的啦！」

「你們大家！不可以逃出這裡啦！」

不同於怪物祭（以前）的戰鬥，蒂奧娜她們舞弄自己的武器將敵人一刀兩斷。

她們的攻擊帶來了有效打擊；不過相較之下，周圍的冒險者卻不斷被怪獸集團打得潰不成軍。他們遭到無數觸手揮打、被身體衝撞撞飛到空中，或是被醜惡的巨大下顎咬住咀嚼。其中也有人聯手應戰、奮力殺敵，然而食人花怪獸的實力卻遠比鎮上的冒險者們高強。

知道自己敵不過這些怪物（敵人），不顧蒂奧娜的呼籲，冒險者們四分五裂、落荒而逃。

陷入恐慌的他們跑出廣場，散布到鎮上的各個角落。

不得已，蒂奧娜與蒂奧涅只好兵分兩路去追趕到處逃竄的冒險者們與怪獸。

「里維莉雅，敵人會對魔力產生反應，盡量以大規模魔法把附近的怪獸引到一個地方！柏斯，你把每五個人組成一支小隊，如果運用人海戰術的話，每組可以壓制得了一隻！」

「知道了。」

「喔，好!?」

芬恩轉瞬間清查、判斷了戰域內的視野情報，接連做出適切的指示。

里維莉雅在廣場中央展開魔法陣(magic circle)，柏斯對著周遭的冒險者大吼大叫。王族(high elf)的優美詠唱吸引了廣場附近的怪獸，芬恩自己也站上前線以長槍屠殺大量怪獸。

他準確地一槍刺穿口腔深處的「魔石」。小人族時而騰空跳起、時而衝上長條身軀一擊葬送怪獸的性命，如此英姿以及聲嘶力竭的鼓舞振奮了冒險者們的鬥志。

混亂平息下來，他們一個接著一個上前迎擊。

「狀況太剛好了……！」

廣場上面的戰況漸漸恢復優勢，不過芬恩卻瞇起眼睛看著怪獸們的襲擊。

光從他現在身處的位置來判斷，在鎮上大鬧的怪獸就有五十隻以上，恐怕還會更多。這座里維拉鎮是建造在島嶼懸崖上的天然要塞，而數量如此龐大的怪獸竟然能夠毫無預兆地現身，這點讓他有種強烈的突兀感與異樣感受。

不對，這實在是太不自然了。

芬恩拔腿飛奔，在被打斷的水晶柱與大岩石上跳躍，從廣場一直線橫越城鎮。他一瞬間來到了懸崖邊，並從欄杆探出身子。

「……!?」

芬恩俯視懸崖下方的碧眼因為驚訝的關係而顫抖。

在高達二百M以上的斷崖絕壁下，此時盪漾著黑暗夜色的湖泊裡，難以計數的食人花怪獸正突破水面沿著斷崖往上爬。

牠們竟然躲在湖水裡面……不對，是成群潛伏在安全樓層裡——怪獸這種違反常理的行動讓芬恩受到打擊，同時腦中閃過一道確信的光芒。

牠們藏身至今，直到此刻才一齊發動襲擊。

怪獸不可能採取這種戰略性行動。必定有人為意志介入其中。

竟然能夠統率如此大量怪獸，這點真是難以置信，但只有這個可能性。

芬恩扭曲著表情說出腦中導出的答案。

「難道是馴獸師(tamer)嗎……！」

在地下城尋求邂逅是否搞錯了什麼 外傳

第五章

里維拉攻防戰

Гэта казка іншага сям'і.

RivuIpa Бітва

蕾菲亞呆滯地望著視線前方的光景半晌。

點亮的魔石燈光，以及藍白水晶光彩點綴的城鎮美麗夜景一步步遭受怪獸群破壞。

不用特別去找也能夠看到身軀既長且大的食人花怪獸在鎮上各處橫行，其數量讓人連數都懶得數。牠們無須突破城牆，只要直接像蛇一樣攀附上去並翻越即可，斷崖那邊也有一大堆陸陸續續攀爬上來，好似魚群躍過瀑布一般。由於數量實在太多，甚至讓人產生了「城鎮景觀一半變成黃綠色」的錯覺。

無數觸手隨便一揮就把帳棚、小屋打飛，在半空中高速游動。

濃豔刺眼、色彩斑斕的花瓣浮現在昏暗中全力蹂躪著岩石、水晶、人群等一切物體。

聽見不絕如縷的淒慘哀叫，蕾菲亞蔚藍色的眼瞳顫抖著。

「這、這是怎麼回事，究竟發生了什麼事……!?」

「城鎮被怪獸入侵了。」

露露妮震驚不已，一旁的艾絲似乎也難掩驚恐。

平時感情稀薄的表情如今兩眼目光如炬。

冷靜俯瞰後可以看見人們正在城鎮中央的廣場上面巧妙應付怪獸的襲擊。從這座高台上也能夠看到，那裡展開了一個巨大的翡翠色魔法陣，周圍的怪獸爭先恐後地朝那裡進攻，而幾百名冒險者組成小隊分別擊破一隻隻怪獸。里維莉雅不用說，芬恩應該也在那座廣場吧。

視線離開中心地帶，看見怪獸們毫無規則地散往四面八方到處破壞。有的個體把頭塞進路邊攤或洞窟，還有一群怪獸在追趕逃出廣場的冒險者。在這當中伴隨著銀色閃光猛力斬斷怪獸長條身軀的人應該是揮舞著大雙刃的蒂奧娜吧。

「我們到廣場去跟芬恩他們會合吧。」

沒人對艾絲的判斷提出異議。

雖然該處是激戰區，不過也是鎮上的安全地帶，這點是無庸置疑的。

露露妮拚命不住點頭，蕾菲亞也回了聲「好的」。

她重新抱好隨身包從高台出發，不過就在這個時候……

「吼喔喔喔喔喔喔喔喔喔喔喔喔喔喔喔喔喔喔喔喔喔喔喔喔喔喔喔喔喔喔喔喔喔喔喔!!」

「!?」

對一行人傳來破鑼吼聲，一頭食人花怪獸出現在蕾菲亞她們眼前。

牠以土石流般的激烈氣勢刨挖著岩壁斜面現身。看見擋住前進方向的長條身軀，三個人全都大吃一驚，接著艾絲隨即拔劍、拋下呆站原地的蕾菲亞與露露妮砍向怪獸。

怪獸眨眼間就被砍倒，然而襲向身上的震動讓蕾菲亞猛然抬起頭來。

「那邊也有……!?」

「不、不會吧!?」

蕾菲亞她們現在位於城鎮的一角，附近矗立著西北城牆。

食人花怪獸從城牆處大舉入侵，往蕾菲亞她們的所在位置蜂擁而來。

不等露露妮發出尖叫，一行人當機立斷繞過艾絲打倒的怪獸死屍衝向道路的另一頭。就在她們後方，滑過她們身邊的食人花發出聲響、扭動著長條身軀停了下來，並在轉變臉部方向後再度朝著蕾菲亞她們這邊過來。

「蕾菲亞，妳先去廣場！」

「艾絲小姐!?」

蕾菲亞等人完全成了怪獸的攻擊目標，艾絲一馬當先飛身而出。

她衝向追擊而來的怪獸以斬擊風暴予以痛擊。她以愛劍（絕望之劍）將敵人大卸八塊，同時遏止了怪獸們的進擊。

蕾菲亞望著那金色長髮飄揚的背影不禁停下腳步。獨自一人壓制怪獸軍隊的艾絲讓她內心產生躊躇之情，不過她隨即擺脫私情、抓起露露妮的手拔腿就跑。

就算她留在這裡也只會礙手礙腳。在對魔力產生反應的怪獸面前不加考慮開始詠唱，就會遭到怪獸不由分說的圍攻，進而迫使艾絲進入守勢。敵人的實力恐怕在Lv．3的蕾菲亞與露露妮之上，或是不分上下，最大的問題是皮膚堅硬。光靠她們倆連反擊都做不到。

若是裝備了劍的艾絲，區區的食人花怪獸算不了什麼。

蕾菲亞現在該做的就是拿著艾絲無法攜帶的這顆寶珠盡快回到芬恩他們身邊，並確保露露妮的生命安全。畢竟這座鎮上除了怪獸外還有個凶惡的殺人魔呢。

一再如此勸說自己的蕾菲亞咬著嘴唇不停奔跑。她拉著露露妮，一雙細腿用力蹬地奔跑。

蕾菲亞與露露妮捨棄從目前西北角直線前往廣場的路線，改用迂迴的方式跑向怪獸較少的北方。即使只快一秒也好，她們小心注意，在不碰上怪獸的情況下急著趕路。

在遠離怒吼與破鑼吼聲的巷弄中前進一會兒，蕾菲亞她們進入了如同水晶森林的鎮上一角。

群晶街道（Cluster Street）。

此處與水晶廣場的雙子水晶並稱為「里維拉鎮」的著名景點。

城鎮北部生長得最大的水晶簇形成了這條街道，有高聳的藍水晶柱林立。這裡有許多十字路，道路有如房屋圍繞的後巷般細長。再加上映照出行人身影的美麗水晶牆，模樣有如魔鏡迷宮一般。鎮上只有這裡刻意做過修飾，地面鋪了路石。

錯綜複雜的水晶間隙中響著兩人份的腳步聲，急著趕路的蕾菲亞與露露妮側臉淡淡地反映在結晶表面。

「嗚哇！爆、爆炸!?」

「那是……里維莉雅大人的魔法！」

放出轟然巨響，極粗的巨大火焰柱從城鎮中央連續升起。

露露妮肩膀重重一跳，籠罩蒼茫夜色的「里維拉鎮」眨眼間火紅燃燒起來。從兩側圍著水晶柱的道路抬頭一望，只見上空染成了鮮紅色，數以萬計的火花漫天飛舞。

蕾菲亞同時聽見「唔喔喔喔喔！」的高亢歡呼，知道都市最強的魔導士以火焰魔法擊破了許多怪獸。

「……!?」

就在街道與天空彷彿熾熱燃燒般染紅的景象中。

朵朵火花灑落的水晶道路上，一道身影出現在蕾菲亞她們面前。

（男性的，冒險者……？）

護腿（leg armor）、臂鎧（gauntlet）、護胸甲（breastplate）。

那是一名手腳前端到胸口都包裹著厚重黑色鎧甲的男性冒險者。

脖子上面圍著破布般的圍巾、頭上戴著頭盔。膚色淺黑的半張臉捲著繃帶、露出的左眼不帶感情地注視著蕾菲亞她們。

蕾菲亞彎著細眉藏不住訝異的表情，同時那個男人不發一語直線朝兩人走來。

「請、請你站住！」

蕾菲亞反射性地叫道。

男人那種令人毛骨悚然的氛圍——恰似黑色巨獸站在眼前，非比尋常的壓迫感——震懾了她，使她架起了法杖。

然而，男人無視於她的警告，一步，又一步，跨著大步縮短彼此的距離。

或許是出於獸人的本能，身旁露露妮頭上的耳朵與尾巴顫抖不止、臉色慘白、牙齒還咯咯作響。恐懼萬分的她盯著在寬幅至少有五M的道路中央踏著路石步步逼近的漆黑護腿。蕾菲亞手心冒汗，嘴唇猶豫著是否該念咒詠唱。

然後，就在雙方距離縮短到十步以內時，下個瞬間——男人的身影消失了。

快到來不及反應的進逼速度。

蕾菲亞連睜大眼睛都來不及就被敵人踏進懷中、脖子被對方一手擒住。

「啊——!?」

她的身體被輕易舉起、雙腳離開地面。

臂鎧壓迫著脖子。冰冷恐怖的金屬觸感陷入肌膚，蕾菲亞鬆開了手，法杖發出響亮聲音摔落地上。

她雙手抓著男人的右手拚了命想把它拉開，不過對方的手緊緊黏在她的脖子上，絲毫沒有鬆開的跡象。

五根手指以驚人力道陷進皮肉，想要勒緊——不，是想要掐斷她的脖子。

「嗚、嗚嘎啊啊啊！」

原本驚呆了的露露妮身子一晃，橫眉豎眼地撲向男人。

她拔出匕首企圖救出蕾菲亞，但是男人瞧都不瞧她一眼，左手一揮，瞬間便將她的身子砸向水晶柱。

露露妮的背部把水晶柱撞出一片龜裂，她滑落下來、倒在地上。

「啊……！嗚，呃……!?」

露露妮昏死過去時，蕾菲亞的意識也急速飄遠。

她的雙腳與濃金色髮絲一同在半空中空虛搖擺，體內不斷鳴響著骨肉擠壓的吱吱聲。

吸不進多少空氣的嘴唇好幾次發出呻吟，那雙睜大的眼眸盈滿淚水。蕾菲亞此時頭部已完全朝上，男人面無表情地加重手部力道。

纖細的喉嚨被擠扁而扭曲。

一直抵抗到最後的雙手終於無力下垂。

她聽見死神鐮刀高舉揮下的聲音。

——艾絲小姐。

仰望火紅燃燒的天空，一道淚水流下臉頰，蕾菲亞輕聲低喃著那個名字。

下個瞬間。

「吼喔喔喔喔喔喔喔喔喔喔喔喔喔喔喔喔喔喔喔喔喔喔喔喔喔喔喔喔喔!?」

一個被砍得遍體鱗傷的長條身軀破壞著水晶柱撞進他們這邊。

發出尖叫的食人花怪獸有如引發爆炸般撞破了群晶街道。無數藍水晶碎片飛散到四面八方，蕾菲亞睜大的眼瞳也看見了那片光景。

緊接著出現的是橫眉豎目、金髮金眼的劍士。

「!!」

她舉起那把銀色軍刀砍向瞪大眼睛轉過頭來的男人。

男人放開了蕾菲亞緊急閃避，鎧甲留下了銳利的刀痕。

蕾菲亞的身軀應聲落地。從破壞怪獸身軀而形成的道路一直線趕來的【劍姬】以背保護著她與鎧甲男子正面對峙。

天空如烈火般豔紅燃燒著，艾絲銀劍一揮，發出了清越聲響。

「咳噁，咳噁!?」

聽著背後傳來蕾菲亞的咳嗽聲，不敢大意的艾絲緊盯著前方的人物。

男性冒險者身穿黑色鎧甲。武器似乎只有佩於腰際的一把無鞘長劍。防具本身在多數裝備中頂多只有中等品質，不像是性能特別卓越的種類。

他瞇起不自然凹陷的左眼咋舌一聲。

「蕾菲亞，妳還好嗎？」

「我、我還好……」

好不容易將呼吸調順過來的蕾菲亞回答艾絲。沒能站起來的她按著喉嚨、拭去眼淚的雙眼看向前方。

瀕死的食人花一半埋在牆中倒臥著，直線道路上有一部分水晶柱倒塌。與艾絲保持距離對峙的鎧甲男子似乎本來想趁艾絲離開的短短時間奪走蕾菲亞她們的性命。

雖說艾絲使出渾身解數殲滅了蜂擁而來的怪獸並即刻追上蕾菲亞她們、阻止了他的企圖，不過對方手法實在高明，讓艾絲覺得自己像是被算計了。

「……你就是，殺了哈桑納先生的人？」

遠方迴盪著傳來冒險者們的喊聲，艾絲向那個人問道。

根據情報，凶手應該是女性，但艾絲的直覺告訴她，眼前的人物就是殺害哈桑納的真凶。

在艾絲等人的注視下，他張開一直抿唇不語的嘴。

「是又怎樣？」

聽見那道聲音的瞬間，艾絲與蕾菲亞眼睛睜到不能再大。

因為那高亢響亮的聲音與外貌毫不相符——是、女、性、的聲音。

「你、你不是男的嗎……!?」

目不轉睛盯著顯然屬於男性的五官相貌，蕾菲亞困惑地叫道。

雖然繃帶遮著半張臉，但是不可能會錯。毫無表情教人發毛、膚色淺黑的精悍臉龐怎麼看都不像女性。

那個面無表情的人淡淡解釋：

「這只是剝下來的。」

「咦……？」

「我只是把、屍、體、的、臉、皮、剝、下、來戴在臉上罷了。」

蕾菲亞啞口無言。

就連艾絲聽到這句話時也倒抽了一口氣。

「只要把人皮浸泡在毒妖蛆(poison vermis)的體液裡面就能夠防止腐敗……妳們不知道嗎？」

他……她毫無抑揚頓挫的話使兩人的背脊感到一陣寒意。

也就是說，眼前這個人搶了別人的臉。

她折斷哈桑納的脖子將其殺害、殘酷地剝下他的臉皮。

屍骸(哈桑納)臉部的慘狀並不是被凶手踩爛洩憤。

而是為了不讓人發現臉皮被剝下才用這種手段來湮滅證據。

「那麼，那張臉，是哈桑納先生的……？」

話講到一半，蕾菲亞臉色刷白地摀住了嘴。

戴著人肉面具之人──鎧甲女子既不否定也不肯定。彷彿在說事到如今已經沒有必要回答了。

艾絲謹慎注意地觀察那張臉。半張臉上包著的繃帶很可能是因為面具大小不合而用來遮掩歪扭部分的。

「啊啊，可惡，緊得我受不了。」

無視艾絲她們，女子煩躁地開始脫掉身上裝備的鎧甲。

她抓住護胸甲將其捏碎。女子輕輕鬆鬆就破壞了鎧甲將其拆掉，包裹在襯衣內的豐滿胸部便從剝落的鎧甲中蹦出。接著她硬是扯掉圍巾與其他鎧甲零件，讓白皙頸項與柔韌肢體展露無遺。

男人臉部給人的印象與刻板觀念太強了。為了尋找哈桑納帶來的貨物而戴起人肉面具的她絲毫沒有被人懷疑是女性，就這樣被剔除在嫌犯人選之外。

脖子以上是男人的臉，以下是女人的身體，就在這副模樣散發出強烈不協調感的同時，咕滋一聲。

也許是防腐效果退了，人肉面具的一部分應聲融化。左眼周圍的肌膚剝落、露出了女子白皙的肌膚。

最後，她以只穿戴著頭盔、護膝、臂鎧的輕裝狀態抬起頭來。

「鬧夠了吧，把寶珠(種子)交給我。」

說完，女子拔出佩在腰際的長劍。

接著她一口氣衝向前去襲擊艾絲。

「！」

「啊啊，果然厲害。」

兩人短兵相接。

艾絲自己也從蕾菲亞身邊疾走而出並砍向敵人。【絕望之劍】與對手的長劍相撞、迸散出激烈火花。

看到艾絲對自己的超高速度做出反應，女子瞇細了眼睛，接著使出連續攻擊。

「……!?」

兩者拋下說不出話來的蕾菲亞掀起激烈劍鬥。

高舉揮砍的長劍、橫向滑行的軍刀。瘋狂亂舞的劍與劍互相敲擊、鳴響，銀色刀光在半空中多次往來。兩者身影模糊、縱橫自如，在絕不算寬廣的路上一再交換所站位置。

兩人反射在水晶牆上的身影簡直有如分身般往四周圍擴散，無數的蒼藍人影在群晶街道上面大顯神威。

──好強!!

眼前敵人的實力讓艾絲睜大眼睛。

對方的戰鬥技術與自己長久磨練的劍技不分軒輊。她不只運用純粹的劍術，還交織著拳打腳踢，攻勢有如洪水爆發一般，其凶猛程度是艾絲未曾目睹過的。臂鎧的拳頭製造出黑色殘像、描繪出圓弧軌跡的長劍與腳刀企圖砍斷艾絲的身體。她以軍刀果敢應戰，翻飛的耀眼金色長髮描繪出閃避的軌跡。

身手如此不凡的冒險者竟然從未聽過任何勇武名聲，艾絲實在不太相信這點。

艾絲雙眸目光變得銳利起來，想知道那塊人皮下的真面目究竟是何方神聖。

「──【解放一束光芒，聖木的弓身。汝乃弓箭名手】。」

這個時候，有人在艾絲背後交織起咒文。

聲音來自蕾菲亞，她把法杖挪到身邊裝備起來。連站起來都嫌浪費時間，她即刻展開了詠唱，在坐著的石板地上展開了濃金色魔法陣。

支援射擊即將到來。女子瞄了蕾菲亞一眼，艾絲加快速度阻止她出手。

「【狙擊吧，精靈射手。射穿吧，必中之箭】！」

當斬擊數量明顯增加，蕾菲亞也用高速完成了短文詠唱。

敵人無法突破擔任前鋒人牆（wall）的艾絲。

然後，伴隨著珠圓玉潤的聲音，魔法陣綻放強光。

「【靈弓光箭】!!」

光矢應聲射出。

這是重視速度的箭矢形單發魔法，然而由於蕾菲亞本身「魔力」強大，而且還灌注了大量精神力（mind）的關係，那已經不能稱為「箭矢」，而是「大光束（beam）」了。

豈止如此，發出的魔法還具有自動追蹤屬性。一旦發動絕對會命中、無處可躲。

水晶的直線道路溢滿光輝。眼見大光束從避開射擊路徑的艾絲身旁即刻飛馳而來，女性冒險者瞇細了左眼——伸出了一隻手臂。

「咦!?」

「!?」

女子的左手將蕾菲亞與艾絲的驚呼連同大光束一併擋下。

兩者之間發出了足以匹敵雷鳴的抗衡聲響，並噴發出有如水花的閃光。龜裂的漆黑臂鎧先是撐不住而碎裂，不過女子的纖細手臂卻是文風不動。不只如此，甚至還將光束推了回去。

她以蠻力將手臂一揮、錯開軌道，將大光束砸向斜前方的牆壁。

「～～～～～～～～～～～～～～～!?」

隨著水晶爆炸碎裂，衝擊波應運而生。

發出慘叫的蕾菲亞跟昏死過去的露露妮一起被震飛、遠離了原本的所在位置。就在這時候，帶在身上的隨身包也離了手，從袋中飛出的綠色寶珠滾落地面。

「!?」

被彈開的大光束威力連帶讓艾絲站不住腳，而女性冒險者也不給她時間喘息殺了過來。

飛砍的長劍掠過身體。殘酷無情的追擊揭開序幕。

艾絲的金色眼眸晃動著。敵人的速度——變得更快了。連那驚人的臂力也變得更強，每當劍刃互擊時，總是連同【絕望之劍】一起震麻艾絲的手臂。

對手的實力深不可測。

毫無感情盯著自己的左眼讓她心生戰慄。

「嗚——!?」

揮刀下劈的一擊壓得纖細身軀直往下沉。

到了這個時候，艾絲的臉部表情第一次因為苦澀而扭曲。這是她第一次屈居劣勢。

——只能用了。

敵人的激烈攻勢依然不斷，艾絲只能捨棄猶豫。再不做出決斷的話，自己便會落敗，蕾菲亞她們也會有危險。
自己的魔法因為威力太強，在對人戰時從不使用，如今她下定決心要施展了。
「【甦醒吧(Tempest)】!!」
交織的咒文喚來氣流。
艾絲雙唇喊出裂帛一聲的同時，【風靈疾走】發動，為劍與全身賦予了風力。
她以爆發性提升的速度頂回敵方的攻勢。
「什麼！」
女子的左眼大驚失色。
艾絲打落了長劍，接著一鼓作氣施展出蘊藏著強風的上撈斜砍。對方趕緊防禦，不過身體卻承受不住，並以驚人之勢被震飛到後方。
狂風呼呼咆哮。斬擊的餘波風壓吹飛敵人的頭盔，撕裂了人肉面具。喀啦喀啦喀啦！女性冒險者刨削著石板地大幅後退、好不容易才停了下來，接著她慢慢抬起頭來。
有如鮮血般的紅髮。
失去頭盔流洩出的成束鮮紅細絲，原本可能是翩翩長髮留有用刀刃隨便割斷的痕跡。
再來則是有如珍貴寶石的綠色瞳眸。
殘破斷裂的繃帶還掛在半張臉上，女子的真面貌暴露出來。雪白肌膚的美貌當中，眼角修長的左眼愕然睜大。

「剛才那陣風……原來如此，妳就是『艾莉亞』啊。」

聽到她低聲說出的名字（單詞）——艾絲睜大了金色雙眸。

格外高亢的一下心跳撼動了胸口。連聲音都發不出來的衝擊襲向全身。腦中滿是「為什麼」這幾個字。

艾絲纖細的喉嚨因為震驚而顫動。

雙方都露出驚愕的神情，剎那間，兩者之間產生奇妙的沉默。

「——啊啊啊啊啊啊啊啊啊啊啊啊啊啊啊啊啊啊啊!!」

就在這個時候，突然間……

滾落地面的寶珠——雌性（女性）胎兒發出了哭聲。

「!?」

背後傳來的淒厲尖叫讓艾絲回過頭去。

同樣聽見那道聲響而滿臉焦躁的紅髮女子還來不及行動……

胎兒在寶珠裡面掙扎著挪動身子，那迷你的小手、埋著詭異眼球的頭部戳破了綠色薄膜。

「啊啊啊啊啊啊啊!!」

胎兒彷彿以艾絲的魔法為契機開始活動，小小的身軀不知哪裡隱藏了那麼大的力氣，以高出自己全長好幾倍的跳躍距離像扔出去的小石子般飛身一躍。
眼見毛骨悚然的眼球逼向自己的臉，艾絲大動作躲開，胎兒就這樣直接跳上空中、渾身滴淌著液體。
牠接觸到埋在水晶牆裡面的食人花怪獸，並、寄生在怪獸身上。
「什──」
「噢喔喔喔喔喔喔喔喔喔喔喔喔喔喔喔喔喔喔喔喔喔喔喔喔喔喔喔喔喔！」
在艾絲與紅髮女子之間本該奄奄一息的食人花發出尖叫。
貼在長條身軀上的胎兒如同刻印一般漸漸溶入怪獸的皮膚，更以該處為中心起了變化。
就像血管浮出似的，紅色的脈狀線條開始竄過整個長條身軀，連帶著怪獸的叫聲也愈發淒厲。
牠從口腔吐出滿是唾液的哀嚎，先是重重抖了一下，接著既長且大的整個身軀開始膨脹起來。
牠的肌肉隆起了。
蕾菲亞在道路一隅僵住了。蔚藍色瞳眸中映照出怪獸一邊痛苦掙扎一邊持續變化的駭人姿態。
變樣之後又再度變樣。
也許那是脫離常軌的成長，或者該說是進化。
那顆寶珠難道是能夠將怪獸強制變成別種生命的禁果嗎？
在艾絲不寒而慄的視線前方，胎兒寄生的部位發出聲響，有種東西開始突起。
簡直有如自蝶蛹羽化的蝴蝶，像是人體的輪廓正推擠著皮肉試圖從皮膚底下爬起來。

「──────────噢喔喔！」

痛苦打滾的怪獸才變化到一半便突然毫無前兆地襲擊而來。

面對巨大身軀亂打亂撞的攻擊，艾絲急速飛奔出去、抱起了蕾菲亞與露露妮。她帶著兩人從怪獸身體多次碰撞、破壞形成的水晶通道逃出。

「可惡，所有的一切都白費了……！」

大聲咋舌的紅髮女子也脫離了現場。

全身布滿粗大鮮紅葉脈的怪獸追趕著艾絲她們。牠無視地形阻礙撞碎著水晶柱，一邊發出震耳欲聾的狂吼，一邊對她們窮追不捨。艾絲運用飛步與連續跳躍在群晶街道上到處逃跑。這個時候她判斷無法這樣戰鬥下去，因而不得已朝著水晶廣場的方向前進。

至於被胎兒寄生的怪獸，則是在進擊的途中一看到其他食人花怪獸就立刻毫不留情地撲咬上去。

艾絲她們驚訝地轉頭看向後方，只見好幾頭怪獸層層重疊連在一塊。

然後，艾絲的金色眼眸。

看見一具女性身軀彷彿完成羽化般突破了怪獸的肌膚。

「那是什麼啊，章魚嗎!?」

「那個傢伙是第50層的……!?」

在城鎮各處展開戰鬥時看到了突然出現的龐然大物，蒂奧娜與蒂奧涅都叫了起來。

誠如蒂奧娜所說，那個龐然大物確實有如巨大章魚。十隻以上的觸腳是食人花怪獸變成的，每隻腳都好像有獨立意識似地彎扭、翻騰、蠕動。那些腳的根部以上有一具色彩斑斕的身體——呈現女體形狀的上半身，遠遠看去，整個形象恰似傳說蟄伏於海邊的半人半章魚（斯庫拉）。

刺激著蒂奧涅記憶的是之前「遠征」時在第50層遭遇過的那種女體型怪獸。雖然艾絲擊破的那種怪獸下半身像是幼蟲，不過隨隨便便都能夠找出一堆相似之處。

簌簌發抖的上半身停止動作、慢慢揚起無貌的臉龐，食人花女體型開始移動。

看到超大型級怪獸開始往都市中央的水晶廣場移動，蒂奧娜與蒂奧涅飛奔而出。

「這個附近已經沒有人被怪獸襲擊了吧——!?」

「救出來的人不是都被我們趕回廣場了嗎！快走吧！」

聽到並肩奔跑的蒂奧娜這麼說，蒂奧涅踢蹬著地面吼了回去。

在她們的周圍彷彿訴說著單方面的戰況，食人花怪獸的屍骸以及被砍下的頭顱撞進了岩石或水晶裡。

蒂奧娜她們踩在遭受徹底破壞的帳棚或小屋上跳躍、一直線趕往城鎮中心。

「雖然很想問問那些怪獸是從哪裡冒出來的……不過當務之急還是先把牠們解決吧。」

「嗯，說得是。」

「你們怎麼能這麼冷靜啊!?就不能夠稍微慌張一點嗎！」

柏斯的慘叫響遍四周，一旁的里維莉雅與芬恩仰望著那尊龐然大物。

跟在抱著蕾菲亞與露露妮逃進來的艾絲後面，被當成腳的食人花搶先一步入侵，接著女體型也伴隨轟然巨響蒞臨廣場。儘管里維莉雅的火焰魔法使怪獸數量銳減，不過冒險者們還在與剩下的大量怪獸交戰，如今他們看到那壓倒性的醜惡威容，全都停止了呼吸。

章魚腳似的食人花們比原本細長的身體整整粗了一圈，變得更加龐大，直徑有如巨木樹幹。

黃綠色皮膚的每個角落都浮現著鮮紅葉脈，彷彿受到憤怒或發狂的情感支配。

相較於發出重重破鑼吼叫的下半身，色彩斑斕的上半身卻泰然自若。沒有眼鼻的臉部微微張開口唇，好像能把人的腦袋整顆吞下，後腦杓一頭波浪形的及腰綠髮。那頭長髮是整個畸形身體中唯一美麗的部分。

肩膀伸出的雙臂前端化成的無數觸手此時有如樹枝下垂般掛在當成腳的食人花上。

「第50層的怪獸也是被那種胎兒變成這樣的……？」

被艾絲放下來的蕾菲亞仰望著眼前的食人花女體型。

寄生、吸收了好幾隻食人花的女體型其規模超過了第50層的個體。這隻女體型高達六M，儘管和之前那種相差不遠，不過橫寬卻因為那堆長腳而令人驚訝。就算把腳摺疊起來應該也有十M

以上吧。

「抵達了——！」

「啊——，近距離看更噁心呢。」

蒂奧娜與蒂奧涅從上空降落廣場。

在火焰渣滓漸漸減少的紅色天空下，女體型俯視著全員到齊的艾絲一行人。

「！」

牠有了動作。

當成腳的食人花忽然像野狗抬頭一樣一齊離地，並撒著砂土往艾絲突擊而來。

艾絲將昏死過去的露露妮交給蕾菲亞照顧，並朝著反方向跑去以免波及兩人。食人花的下巴通過她原本站立的位置，破壞了廣場中央的雙子水晶。

「牠的目標是艾絲嗎！」

「也許是對發動的魔法（風）起了反應吧。」

看見長在怪獸前面的食人花全都殺向艾絲，里維莉雅與芬恩提著法杖與長槍接近怪獸身邊。

比他們更早趕過去的蒂奧娜與蒂奧涅則是跳向追逐艾絲的兩隻腳。

「嘿呀——!!」

「吼喔喔喔喔喔喔喔喔喔喔喔喔喔喔喔喔喔!?」

蒂奧娜揮砍的大雙刃切斷了食人花的脖子。當成腳的食人花遭受大銀塊的斬光洗禮而被砍斷、迸發出慘叫。

綽號【大切斷】果然名不虛傳，一刀將粗腳砍成兩截的豪爽斬擊氣勢驚人。接著她用剛才的戰鬥方式彈飛了比普通食人花還要粗壯的長腳。

「──！」

「好痛──！」

失去花朵部分的觸腳從斬斷處流著鮮血，並將蒂奧娜撞飛。

以大雙刃特厚劍身為盾牌的她在地面滾了一下後馬上站了起來。

「力氣變超大的耶──!?而且我都把頭砍掉了怎麼還會動啊──!?」

「那已經變成一隻腳啦，當然會動啦！」

不同於妹妹，冷靜料理一隻腳的蒂奧涅大聲喊叫。舞弄著反曲刀的她轉眼間就把浮出葉脈的長腳剁成碎片，並輕而易舉地避開所有攻擊。

就在蒂奧涅想要趁此良機奪走失去俐落動作的觸腳戰力時，女體型的上半身開始動了。

原本追逐艾絲的臉轉向她將手臂觸手如長槍般射出。

「可惡！」

她用兩把反曲刀殺退蜂擁而至的無數觸手。觸手不只會直線前進，還描繪出曲線從四面八方襲來，讓蒂奧涅咒罵了一聲，並從原處脫身之餘扔出自懷裡取出的飛刀。

逼向女體型上半身的高速白刃被一隻觸手「鏘」一聲打落。

「里維莉雅，我先過去。」

「好。──那邊那個精靈，背上的弓借我！」

「是、是的!?」

芬恩加快速度，將長槍刺進怪獸的一隻腳上，這個時候里維莉雅叫住了一名精靈男性。那個人無條件聽從了王族的命令。他把副武裝（sub weapon）的大型破碎弓連同箭筒交給了跑來的里維莉雅。里維莉雅迅速將箭筒固定在腰間，並架起藏青色的弓接連不斷射箭。她故意引誘觸手彈開射向上半身的箭好達成真正目的，讓支援芬恩的攻擊陸續命中目標。

在王族森林長大、以狩獵為少數興趣之一的【洛基眷族】副領袖，其箭法也堪稱一流。每當巨大箭矢刺中目標，當成腳的食人花彷彿承受不住衝擊般，身子軟綿綿地彎曲起來。

「柏斯，人手不夠！指揮交給你了！」

至於芬恩，則是在里維莉雅的支援射擊下揮舞著長槍。

他好像背後長了眼睛似的，後方有如雨下的箭簇傷不到他一分一毫，只見他時而砍裂怪獸的腳，時而將其刺穿。他運用嬌小體格鑽過些許間隙，一次對付所有企圖圍攻艾絲的腳。面對女體型雙臂射出的觸手，他將長槍如風車般轉動彈開。數不清的火花照耀著芬恩金黃色的頭髮。

「那、那幾個傢伙腦袋果然有問題……！」

看著廣場中心掀起的激烈戰事，畏縮不前的柏斯發出呻吟。目睹【洛基眷族】成員只靠四人就壓制住女體型的動作，在四周與殘存怪獸交戰的冒險者們其喉頭也咕嚕作響。

「……！」

蒂奧娜、蒂奧涅、里維莉雅、芬恩。他們的波狀攻擊使女體型怪獸追丟了艾絲。牠企圖搜索敵人身影，不過蒂奧娜她們的激烈攻勢分散了牠的注意力，迫使怪獸不得不轉而迎擊他們。

「大家……！」

被當成腳的食人花追著跑的艾絲暫且得以從女體型的集中火力中脫身，並看著蒂奧娜他們交錯飛躍的模樣。

艾絲也打算加入圍攻、一口氣收拾女體型怪獸——然而，一道影子覆蓋了她的身體。

「！」

艾絲於千鈞一髮之際躲開了劈砍攻勢。

她轉身一看，果不其然，紅髮女子就站在那裡。

「妳的對手是我。我不能這樣空手回去……陪我過過招吧。」

「……！」

面對犀利緊盯自己的綠色左眼，艾絲也橫眉豎目。

紅髮女子展開激烈攻勢，試圖把艾絲趕出廣場。艾絲與其抗衡，並舞動〔絕望之劍〕應戰。

沒有多餘精神管其他事。對方不會給自己那種時間。同時，自己也有事情要向對方問個清楚。

「艾絲!?」

背對著蒂奧娜的聲音，她飛奔而出。
艾絲接受了女子的單挑戰書、離開了廣場。
「蕾菲亞，還記得我們以前做過的聯手行動吧？就用那招。」
「我、我明白了！」
蕾菲亞對靠近自己的里維莉雅點點頭。
兩人各自跑向不同方向，繞到女體型的前、後兩邊。
「──────!!」
艾絲逐漸遠離廣場，而一行人與超大型怪獸的戰鬥還在進行。
正當一行人以芬恩等人為中心試圖討伐女體型怪獸時，解決對手的冒險者們自告奮勇打算加入戰局。
魔導士們在後衛位置開始詠唱，而前鋒人牆站上前線準備抵擋敵人攻勢──然而對這種怪獸來說，人數再多也沒有意義。
牠張開十隻以上被當成腳的無傷食人花，像打飛纏人螞蟻般橫掃所有方位的冒險者。
「嗚喔喔喔喔喔喔!?不、不妙，要死啦!?」
「喂，讓周圍那些人避難！我保護不了那麼多人喔!?」
逐步破壞廣場的衝擊與強風讓柏斯發出哀嚎，蒂奧涅也大聲吼著。

簡直有如海潮渦流。

好幾隻腳好似出現在大海裡的翻天巨浪，到處揮舞得讓人眼花撩亂，不管敵人靠不靠近都一律驅散。那些腳的攻擊距離遠得嚇人，被怪獸探測到魔力的魔導士們先被打倒，架起大盾企圖保護同伴的矮人三兩下就被打飛了。

站到後方也一樣。上半身底下被當成腳的食人花以放射狀伸出，彷彿各自獨立般晃動、施展出不規則的攻擊。即使躲過了腳的攻擊，也會被色彩斑斕上半身伸出的觸手抓住，或是被刺穿。除了芬恩他們外，其他人連接近敵人都辦不到。

「儘管一直在砍斷這些腳……了!!」

「咕耶!?」

蒂奧娜使出的一擊斬斷了當成腳的食人花。隨著一聲怪叫，又有一顆食人花的頭顱應聲落地。

在這個戰場上以超群威力為傲的大雙刃已經砍斷了敵人的腳好幾次。然而，這樣做頂多是縮短了腳的長度，女體型的攻勢還是不見停歇。對手立刻做出反擊，蒂奧娜敏捷地翻身躲避。

「恐怕只能對應該埋著核心(魔石)的上半身下手了，可是……」

芬恩撿起掉在地上的短槍——其他冒險者的武器使勁往敵人的上半身一扔，但卻被雙臂上的觸手擋下了。

看著槍柄被打斷而飛上半空的短槍，芬恩嘆了口氣。女體型的觸手能夠迎擊鑽進懷裡的敵人，可說是對地、對空皆宜的武器，同時也是堅不可摧的盾牌。想要跳過數量龐大的觸手從遠距離進攻是不可能的。
話雖如此，又不能不加思索就闖進敵人的攻擊範圍內。
「看來還是只能交給里維莉雅她們了。」
芬恩瞥向廣場東側最遠的位置。
里維莉雅背對著島嶼湖泊平舉法杖開始詠唱。
「【高傲的戰士啊，森林的射手隊啊】。」
廣域展開的魔法陣。
彷彿在誇耀自己的存在一般，多重翡翠色圓環散放著光輝，從腳下升起耀眼的光粒與光束。
足以令其他魔導士受到震撼的大量魔力從她身上湧現出來。
「【進逼的掠奪者在前，拿起你們的弓。回應同胞的聲音，搭箭上弦】。」
「!!」
女體型把臉與上半身一轉對著里維莉雅。
牠對莫大魔力起了反應，從廣場中心爬著猛衝。就連芬恩他們也阻止不了那巨大身軀的進擊。
周圍冒險者連滾帶爬地逃離牠的前進路線，所有人都放棄了前鋒人牆的職責。
面對進逼而來的巨大身軀與無數食人花的巨大下顎，里維莉雅倒豎柳眉繼續詠唱。
「【點起烈焰吧，森林的燈火。命你放箭，精靈的火矢】。」
「————————————————!!」

當成腳的食人花高聲吼叫，打算撲向盯上眼的魔力。

就在雙方距離縮短到二十M內時——里維莉雅退開了。

她像一支飛箭般橫向一躍，跳出了魔法陣的中心，並從女體型面前消失不見。當然光之圓環也隨之消滅，充填在魔法中的魔力也以白白（浪費）空轉告終。

她輕易中斷了魔法，同時避開了怪獸的突擊。

讓當成腳的食人花追趕著逃往側邊的里維莉雅，女體型的上半身好像想不透似的晃起了後腦杓的綠髮。

「——【如雨驟降，火燒蠻族】。」

「!?」

女體型顫抖了。

理應中斷的詠唱還在進行，美麗瓊音在空間裡面迴盪。

怪獸回頭望向後方，只見廣場西側最遠的位置有僅僅一名精靈少女展開了濃金色的魔法陣。

里維莉雅是誘餌。

以她拔群出類的魔力輸出偽裝，蕾菲亞得以不受怪獸注意一步一步架構起魔法。

用上兩名強悍魔導士進行的引誘攻擊（decoy attack）。

由一名魔導士引開敵人注意力以省去我方的掩護與肉盾，並由本尊魔導士發動砲擊的聯手戰術。

原本與誘餌（里維莉雅）詠唱重疊響起的蕾菲亞，其清脆瓊音唱出最後的詠唱咒文。

「所有人立刻退避！」

「大招要來啦！」

聽見芬恩與柏斯的呼喊，所有冒險者紛紛從射擊軌道上撤退。

對著除了怪獸不剩半個人的廣大視界，蕾菲亞施展了砲擊。

「【齊射火標槍】!!」

「————————————————————啊啊啊啊!?」

炎矢豪雨灑在女體型身上。

無以計數的紅蓮魔力彈刨刮著怪獸全身皮肉。花朵部位被打斷的腳、被剁碎的皮膚還有觸手一邊爆炸一邊碎散開來。

畫著圓弧殺來的箭矢齊射延續了十秒以上。成千上萬的大量火雨將砲彈命中的廣場東側連同怪獸一起化為火海，城鎮（里維拉）上空再度染成爆炸火焰的濃霧色彩。

所有的腳通通著火，色彩斑爛的上半身也燒得皮開肉綻，女體型發出了幾乎要衝破天際的尖叫。

「我就乘勝追擊吧。」

「讓我陪您去吧，團長！」

「————預備!!」

砲擊結束後一秒不到的時間，三道人影逼近女體型怪獸。

手持長槍的芬恩、敲響兩把反曲刀的蒂奧涅，還有大雙刃高舉過頭的蒂奧娜縱身躍向怪獸。神速突刺殺向怪獸的兩道刀光交叉，破壞的一擊打進黃綠色的軀體。

眾人連番施展的攻勢沒有一刻停息。三位第一級冒險者要將敵人熊熊燃燒的身體五馬分屍，像是旋風般在怪獸周圍縱橫往來，還像風妖鐮鼬般在敵人身上留下道道傷痕。好幾隻當成腳的食人花從上半身脫落，皮膚連同火焰一起迸裂。

「嘎啊啊啊啊啊啊啊啊啊啊啊啊啊啊啊!?」

女體型伴隨著哀嚎搖晃後仰、重心往後傾倒，想要逃離芬恩他們的攻勢。

下個瞬間，色彩斑斕的上半身與下半身分離了。

「逃了!?」

「那個傢伙想跳進湖裡嗎!?」

女體型的上半身越過廣場沿著城鎮斜坡滾了下去。

搭蓋在島嶼斷崖上的城鎮，東側是一面陡峭絕壁，一旦從這裡往下跳，就會倒栽蔥地摔進下面那片湖裡。

怪獸分離的下半身還在熾熱燃燒，蒂奧娜與蒂奧涅從廣場邊緣探出身子，在她們的視線前方，色彩斑斕的上半身正亂甩一頭綠髮拚命沿著斜坡向下跑。

「——【終末的前兆啊，皚皚白雪啊。面臨黃昏時刻，捲起狂風吧】。」

就在這個時候傳來了詠唱。

與女體型同樣沿著斜坡往下奔跑的是一頭翡翠長髮隨風飄揚的里維莉雅。

她持續奔跑的腳下跟隨著同色的魔法陣。

「【封閉的光明，結凍的大地】。」

「並行詠唱」。

本來為了預防發動失敗或魔力誤爆，魔導士會停下一切動作進行詠唱，而「並行詠唱」則是能夠一邊高速移動一邊展開魔法陣的驚險特技。一旦有了這種詠唱技術，原本必須受到許多人保護才能夠戰鬥的魔導士就會化為高火力的移動砲台。

不過相對的，「魔力」是一種比任何兵器都還要棘手（難搞）的武器，能夠靈活運用這種技術的人即便在高級冒險者當中也極其罕見。因為這就等於一邊用雙手處理炸彈還要一邊戰鬥這樣。

里維莉雅達到了蕾菲亞與其他眾多魔導士們尚未抵達的領域。她以平常的速度飛步追趕怪獸，並無可挑剔地駕馭著魔力。

帶著魔法陣的她腳步竟比敵人還快。女體型身軀雖只剩下上半身，但還是有二M高，牠像昆蟲一樣交互划動著還留有觸手的雙臂在斜坡上面匍匐移動。

迎風飛奔、身上纏繞著翡翠色光粒，眼見著敵我距離不斷縮短。

「【漫天吹雪，三度嚴冬——吾名為阿爾弗】！」

然後，詠唱結束。

這次里維莉雅確實架構了自己的魔法，一腳踹向突出的斜坡岩石、飛身躍向空中，並在同時筆直伸出法杖。

「【狂喜・芬布爾之冬】！」

法杖頂端發射出兩道暴風雪。

扇狀擴散的廣範圍砲擊將斜坡連同全毀的鎮上店家與水晶一併凍結。置身於砲擊中心的怪獸也在瞬間被純白冰霜吞沒。

「————!?」

全身結凍、連慘叫都發不出來，女體型擠出最後的力氣揚起手臂往陡峭斜坡上重重一搥。

牠利用足以打碎岩石的衝擊所造成的反作用力竄上空中。儘管全身結凍，但仍是翻越了斷崖界線。

令人聯想到流星，閃閃發光的碎冰拖著尾巴一路從牠身上灑落。女體型掉下懸崖、口唇扭曲成安心的形狀（微笑）。

「從左邊繞過去！」

「知道了！」

然而……

兩頭凶暴的猛獸追著她從斷崖上跳下。

「————」

趕過里維莉雅兩側的蒂奧涅、蒂奧娜毫不猶豫地跳下懸崖。

她們踹著垂直陡立的斷崖岩壁奔跑，用令人不敢置信的飛速衝向下方。

對怪獸來說，那簡直是有如噩夢的光景。

褐色的女戰士（亞馬遜）將追著牠直到地表盡頭，即便牠跳下懸崖也一樣。

「!?」

倒栽蔥朝著湖泊墜落的女體型使盡吃奶力氣揮出雙臂的觸手。

對上迎面而來的觸手槍林，亞馬遜姊妹彷彿約好似的一起腳踹向岩壁往左、右兩方大幅跳開。

觸手流向視野之外，蒂奧涅從左斜方砍向怪獸。

「哪裡逃！」

兩把反曲刀閃耀著凶光，砍斷了女體型的雙臂。

失去了最後能夠當成武器的觸手，怪獸僵住了，這次換蒂奧娜從右斜方發動突擊。

她的身子後仰到極限，將大雙刃拉到身後蓄力——賞給對方一記使盡全力的揮砍。

「要上囉喔喔喔————!!」

大斬擊。

「————」

大雙刃爆發的破壞力將怪獸轟成碎片。

身體碎片在空中飛散，隨著如夢似幻的藍紫色光輝化為灰燼。

在墜落途中，怪獸的屍骸溶入大氣、消失得無影無蹤。

「好耶——！」

「蒂奧娜妳這個笨蛋！怎麼連魔石一起打碎啦！」

「啊。」

蒂奧娜原本還在歡呼，但聽到蒂奧涅生氣地說「這樣不就能調查特殊怪獸了」後，她一臉呆相地僵住了。

兩人繼續以驚人速度往懸崖下墜落，一個是絮絮叨叨念個沒完，一個則是不斷低頭賠禮道歉

「……艾絲跟蕾菲亞要不要緊啊。」

過了一會兒，蒂奧娜背對著湖泊抬起臉來輕聲說道。

視線前方是被蕾菲亞的魔法染上朦朧紅光的「里維拉鎮」。雖然不知道發生了什麼事，不過與艾絲交手的紅髮女子散發著危險氛圍。明顯到在遠處都看得出來。

她注視著城鎮方向，頭髮被風壓吹得縱向飄飛。看到妹妹擔心留在鎮上的摯友與後輩而不安，蒂奧涅語氣開朗地說：

「有里維莉雅在，而且還有團長啊？當然不會有事了。」

「……說得也是！」

不知為何得意洋洋如此說著的姊姊臉上浮現了信賴的笑容。

看到她這樣，蒂奧娜也皺起了臉破顏而笑。這對姊妹一起抬頭來仰望著越離越遠的斷崖頂上。

沒過多久，只聽到「嘩啦」一聲。

她們重重落入湖中，掀起了兩人份的巨大水花。

破鑼吼聲從鎮上消失了。

食人花怪獸全滅時，艾絲與紅髮女子將戰場轉移至都市西側。

她們沿著向東傾斜的斜坡往上跑，來到了逼近西緣城牆的場所。西邊是鎮上地勢最高之處，原本是一片平地，不過剛才因為遭受過怪獸入侵的關係，岩石、店鋪、水晶都被壓潰，呈現出一片空地景象。

此處遠離了火花飛舞的紅色天空，四周再度籠罩在蒼藍昏暗之下。視野遠方的城牆上面刻有怪獸破壞的痕跡，艾絲她們也在荒涼的街上前進，同時高速交錯。

「！」

「真是方便的風啊。」

面對提升劍刃銳利度與速度的【風靈疾走】，紅髮女子神色自若地低語。

風的附加魔法(enchantment)彈回了她有如樓層主(怪物)的猛擊。揮動的長劍全被縱橫自在的刀光打落。

連續敲響的驚人劍戟聲，身纏氣流的艾絲與紅髮女子鋒刃相交。

她用力揮砍《絕望之劍》頂回對手的攻勢，並在保持距離的狀況下與對手平行奔跑、發出了沙沙的腳步聲。

「『艾莉亞』——妳在哪裡聽到這個名字的⁉」

艾絲罕見地表露出情感。

緊盯對手神情的她有股寒氣逼人的氣勢。

聽到她用蒂奧娜他們都沒有聽過的大聲話語，跑在她旁邊的紅髮女子開口說：

「誰知道呢。」

「……‼」

倒豎柳眉的艾絲再度斬向敵人。

銀刃以肉眼無法辨識的速度揮出。僅僅眨眼之間，就有超過十道的攻擊在兩者之間狂舞，劍身與劍身被過大的衝擊弄得嘎嘎作響。自己的銀色護手被斜著淺淺砍了一刀，又將對方的紅色毛髮砍斷幾根，雙方肌膚都留下一道細細血痕。

那把武器很可能是用「深層」怪獸(掉落道具)的長牙直接打造而成，只具備了劍柄與鉛灰色劍身的長劍看起來也像是把野太刀。那把劍在昏暗中一再描繪出暗沉殘光，與艾絲的愛劍(絕望之劍)打得難分軒輊。

——不對，是敵人壓過了艾絲的「風」。

敵人的長劍高速翻轉，好幾次打落了附加風力的軍刀。無數次突破纏身的氣流鎧甲震盪著艾絲的軀體。

即使艾絲毫無保留地使用【風靈疾走】，但對手依然寸步不讓，僅用純粹的白刃戰抵禦艾絲的猛攻，而且還能夠轉守為攻。艾絲睜大的金色眼眸隱藏著驚訝。即使如此，她還是瞪視著對方。

對方知道某些事——知道「艾莉亞」這個名字。

胸口深處的心臟有如急流般焦慮。握著劍柄的手腕更加用力、劍速再度提高。

戴起符合「劍姬」外號的面具，艾絲將一切事物全部屏除在視野之外，只對眼前敵人揮舞劍刃。

「——還以為妳只有人偶般的表情呢。」

然後……

紅髮女子沒有看漏，受到心緒激烈起伏的影響，艾絲的劍法比平時性急了一些。

綠色左眼瞇細後，下一刻，她的身影變模糊了。

她躲過艾絲大動作揮砍的劍，對她使出扯裂強風的一擊。

由下往上撈的重拳砲擊。

失去臂鎧的左手連同氣流鎧甲一拳搥進腹部，把纖瘦的身子打向後方。

「!?」

艾絲被迫強制後退並亂了陣腳。

她順著操縱的強風重整姿勢，不過對手的動作更快。

紅髮女子左手流著血，高舉著長劍踏進艾絲眼前一步。

「——」

一股寒顫。

艾絲全身上下竄過一陣寒意。

目眥盡裂、睜大綠色左眼的敵人舉起長劍一口氣砍下。

艾絲眼睛瞪大到極限，並輸出風之鎧甲（風靈疾走）的最大力量以驚人速度將〖絕望之劍〗架在身體前方。

霎時間。

「————!?」

轟然巨響爆炸開來。

超速的袈裟斬。從左斜方斬下的長劍突破〖絕望之劍〗的防禦與強風氣流，衝擊力道貫穿了艾絲的身體。

敵人的身影轉瞬之間從眼前拉遠，艾絲飛了出去，並狠狠撞上後方的瓦礫。

「嗚!?」

身體猛烈撞碎了背後的瓦礫。

空氣被擠出了肺部。就像是神經斷線般，艾絲的身體一時之間不聽使喚。

匡啷一聲，〖絕望之劍〗發出清脆聲響滾落地面。

「終於結束了。」

扔掉劍身粉碎的長劍，紅髮女子急速衝來。

她對跪在地上的艾絲發動突擊，右臂拉到背後積蓄力道。

無法應對。

在表情扭曲的艾絲眼前，紅髮女子即將對著她擊出包著臂鎧的掌擊——下個瞬間……

「什麼？」

抵擋攻擊的激昂金屬聲響遍四周。

艾絲瞠目而視，就在她的眼、鼻前方，交叉的長槍與法杖於千鈞一髮之際擋下了敵人的掌擊。

將長槍與法杖的前端埋入地面，凝然不動地站在視野左、右的是小人族少年與精靈麗人。

宛如守護公主的騎士，芬恩與里維莉雅出現在艾絲眼前擋住了敵人的攻勢。

「芬恩、里維莉雅……」

在艾絲聲音沙啞低喃的同時，兩人將交叉的長槍與法杖使勁一揮、殺退了敵人。

芬恩拿起長槍攻向按著右臂後退的紅髮女子。

「艾絲小姐！」

「蕾菲亞……？」

纖纖玉手貼在她的胸口與背上。

轉向身旁一看，趕來現場的蕾菲亞將手放在艾絲身上扶著她。

「蕾菲亞，替艾絲做治療！」

「是！」

里維莉雅回頭邊對艾絲她們做出指示，同時芬恩與紅髮女子的戰鬥早已愈演愈烈。

面對紅髮女子戰鎚般揮動的雙臂，芬恩活用嬌小身形平貼地面逼近敵人。他從敵人的視野下方銳不可擋地刺出長槍，緊接著又水平使出一記掃腿。對上身手矯健的小人族少年，紅髮女子似乎感到難以應付，先是扭轉上半身，然後一個跳躍躲開了讓人眼花撩亂的攻勢。

「妳是統率那些怪獸的馴獸師嗎？」

「……還有心情講話，挺從容的嘛。」

「沒什麼，還比不上妳。」

少年平時溫厚的容貌已然成了戰士的表情。

他以犀利的眼神抬頭盯著敵人，毫不留情地從死角刺出長槍。那雙碧眼隨時在察看敵我間距，有時拉開距離，有時大膽闖入懷中，總是先發制人地讓自己占到有利位置。

這種進攻方式與艾絲以驚人速度從正面接連不斷砍殺的戰法有所不同，讓紅髮女子不禁咋舌起來。失去武器的她無從進攻，而且更重要的是芬恩的戰鬥技巧實在是高明。

能夠輕易折斷冒險者脖子的空手蠻力與腳踢通通撲了空，碰都碰不到那小個頭一下。

受不了的她試圖抓住那把長槍，不過她的行動彷彿遭到預測，槍尖溜開了，接著槍桿順勢往上一撂。

削到臉頰的一道閃光讓女子表情煩躁地扭曲。

「不要——得意忘形了！」

「!?」

抬起的左腳猛力踏進地面產生爆炸。

令人懷疑自己眼睛的重踩威力踏碎了岩盤，產生的衝擊力道像是吹飛棉絮般，讓嬌小的身體浮上空中。

芬恩因雙腳離地而失去行動自由。

朝著在正面漂浮的他，紅髮女子用力扭轉腰部使出反手拳般的橫掃。

「團長!?」

隨著蕾菲亞的尖叫，長槍被打飛出去。

把槍柄折成兩段的女子睜大了左眼。

躲開了攻擊的芬恩以天地倒轉的姿勢浮在她的眼前。

他在千鈞一髮之際將長槍插在地上爭取高度，以毫釐之差翻滾飛越橫向揮過的手臂、躲開了攻擊。

頭下腳上的芬恩眼中失去一切光彩，迅速抽出腰間刀鞘中的匕首。

他一鼓作氣向上揮起白刃斬向右手揮空而僵在原地的紅髮女子。

「嗚——!?」

血沫飛濺。

自下方伸出的匕首撈擊撕裂了紅髮女子的胸口，鮮血噴濺而出。

她一個踉蹌、身體往後傾倒——里維莉雅立刻從側面逼近。

「你們……!?」

臉部表情激憤扭曲的女子開始迎擊。

儘管她的姿勢全被打亂，不過卻憑藉著強大臂力扭轉身軀、硬是揮出剛強的手腕。

眼見敵人揮出了漆黑臂鎧的拳頭，不過閉起一隻眼睛的里維莉雅冷不防停了下來。

好像早就安排好的，她在即將接觸敵人的前一刻駐足，讓對手的反擊揮了空。

她又順便把手中法杖一揮，朝著瞠目的紅髮女子腳下輕輕一戳。

不過是這個動作，女子的姿勢就完全被打亂了。

她的身體被吸往地面。

「————」

就在這個時候……

芬恩再度來襲。

「——呃啊!?」

振臂揮出的右拳搥進她的臉頰，紅髮女子被打飛出去。

用上嬌小全身力道的一擊使她的身體在空中滑行，隨即刨刮著地面一路滾倒至幾十M以外。

派系的領袖與副領袖，這對黃金拍檔的聯手攻擊讓蕾菲亞跟艾絲一樣忘了說話，全都目不轉睛。

「……」

「芬恩？」

「手指斷了。」

面無表情甩著右手的芬恩讓里維莉雅睜大了眼睛。

她接著目光轉向前方，只見紅髮女子正以手撐地、費力地爬了起來。

「第一級……Lv.5，不對，是6吧。」

左臉留下毆打痕跡，胸口流血的她狠狠地咒罵了一句。

芬恩・迪姆那、里維莉雅・利歐斯・阿爾弗。若是再加上格瑞斯・藍德羅克的話，這幾位Lv.6的派系首腦陣容就是【洛基眷族】的最強戰力。

高於艾絲的戰鬥經驗，以及培養起來的技巧與戰略發揮了單純數值以上的實力，連紅髮女子都不是對手。

「看來情勢對我不利……」

女子輕聲低喃，接著便不顧一切地迅速逃走。

睜大眼睛的艾絲忍受著身體疼痛當場飛奔而出。

「艾絲小姐!?」

將蕾菲亞的呼喊拋在身後，她跑過芬恩與里維莉雅的身邊。

感覺得到他們一路追趕上來，艾絲追在紅髮女子的後頭。

「……！」

女子穿過怪獸破壞的城牆來到城鎮外頭。

越過岩石、水晶遭到粉碎的殘破現場，艾絲也前往「里維拉鎮」西方的島嶼中心地帶。里維莉雅他們制止的聲音好幾次敲打著她的背，不過她停不下來。她甚至還發動魔法（風靈疾走）加速，緊追著在視野中移動的血紅頭髮背影。

離開城鎮一步，眼前是一片應該被稱為荒野的原野。凹凸不平的地面滿是大小岩石，還長著雜草與灌木。月夜般的昏暗充滿四下，較短的藍水晶淡淡發光。

連魔法之力都用上的艾絲緊追不捨，不過就在兩者縮短到僅剩些許距離時，紅髮女子跑過荒野到達了島嶼西緣。

她只用左眼瞪了一下艾絲，接著就毫不猶豫地踏出一步、跳下懸崖。

艾絲歪扭著眉毛在懸崖邊緊急停住並探出身子一看，只見女子跑在岩壁上衝向湖面。芬恩與里維莉雅趕到艾絲身邊時，此時女子的身影已經小得像顆石子，並混入了黑暗夜色當中。

沒過多久，湖面掀起了水花。

「竟然有這種人……」

俯視著懸崖底下，里維莉雅喃喃自語。

女子可能在湖底游泳移動，艾絲他們怎樣凝神細看，從懸崖這邊看不見身影。一旦對方在這裡隱藏行蹤，那就就追不上她了。

第18層就是如此無邊無際。大草原、溼地，還有廣大的森林。能夠藏身的地方比比皆是。隨便亂找肯定是找不到的。

她會就這樣前往地表還是暫且前往「下層」避難？

無論紅髮女子如何選擇，實際上已經不可能再找到她的蹤跡了。

「……」

蕾菲亞晚了一點也追了上來，艾絲在她的身旁抿緊了嘴唇。她壓抑著表情，右手卻是緊緊握拳。

視線固定往下俯瞰，艾絲胸中刻下了忘卻已久的那份感情——懊悔。

好似戰敗後無力感的氣氛只包圍著少女一個人的軀體。

樓層天花板產生出蒼茫昏暗的水晶微光淒涼地滲進了那頭金髮當中。

四把火炬劈啪作響地搖曳著。

火光照亮著石砌祭壇，烏拉諾斯深深坐進神座委身寂靜。
他將雙臂擱在扶手上，連衣帽下的蒼藍眼睛望向遠處階梯。
洛基離開了一會兒後。
他緩緩張開了沉重緊閉的嘴唇。
「費爾斯。」
呼喚名字的聲音在祭壇莊嚴響起。
這個本應投向無人黑暗的聲音卻有人回應了。
「嗯，我在，烏拉諾斯。」
從火炬光源照射不到的祭壇暗處朦朧浮現的是一套全黑長袍。
那名全身穿著漆黑外衣的人物沒有一絲肌膚暴露在外。彷彿黑影凝聚而成的連衣帽下不容光線入侵，什麼也看不見。露在衣襬外的手戴著同色手套（glove），手背部分描繪著複雜紋路。
那道傳至祭壇上的聲音也是中性的，光聽聲音無法判斷性別是男是女。
「洛基竟會突然來訪……看得我嚇出一身冷汗呢。」
「天神的任性之舉已不是一天兩天的事了。」
「但這次情況不同吧。被她盯上的話會很不妙，烏拉諾斯。」
烏拉諾斯的左手方向，那名身穿黑色長袍之人從牆邊的黑暗深處走了過來。
名為費爾斯的人登上祭壇、在神座前面駐足。

「洛基與芙蕾雅……被這兩尊女神無故懷疑會很不妙。別人不說，只有她們不能與其為敵。」

「這個我知道。」

面對費爾斯有如諫言的語氣，烏拉諾斯表情不變地如此回答。

除了兩人外，祭壇上沒有任何旁人，只有火炬在他們沉默時劈啪作響。

「剛才她講的那件事你怎麼想？」

「……怪物祭上發生的事件，食人花怪獸嗎？」

烏拉諾斯對那個人投以視線。

面對他的詢問，費爾斯連衣帽下的下巴縮了縮。

「很明顯，有群人想要擾亂都市秩序……不，是企圖摧毀歐拉麗。」

然後，費爾斯斬釘截鐵地如此回答。

「烏拉諾斯，你所說的『天神的任性之舉』跟這次的事件不能夠相提並論。因為光是我確認到的，就已經有七隻來歷不明的怪獸潛伏於這座都市的地下。」

「你是說那條地下水道嗎。」

「對。真不知道是怎麼運進來的。」

費爾斯又補充道：不知道是天神的意圖還是孩子（人族）所為。

「是都市外之人的勾當，抑或是自稱『邪神』的天神激進派集團……黑暗派系的殘黨？」

「過去的亡靈嗎……」

曾經存在於歐拉麗，排斥秩序、期望混沌的諸神所組成的【眷族】。

在公會的意志下由當時有力派系攜手合作消滅的那個集團，也許其倖存者正在暗中活動也說不定。

身穿黑色長袍之人如此暗示。

「某人在怪物祭時從迦尼薩他們那邊放走了怪獸，這或許是不幸中的大幸。因為那個人的這種行為，讓冒險者能夠提早行動……及早防止食人花怪獸的肆虐。」

「是啊。怪物祭那件事應該可以視為計畫告吹吧。」

就結果而言，由於以洛基為首的冒險者與公會職員出面鎮壓美神（某人）引起的騷動，才能夠重挫稍後出現的食人花攻勢。

回顧數量不上不下之食人花發動的突襲，讓費爾斯與烏拉諾斯如此推斷。很可能是圖謀此事的幕後黑手一覺察到地表的事情發展，就趕緊收回了地下的怪獸吧。也許那個人此時正在咬牙切齒也說不一定。

讓費爾斯站在自己身旁，烏拉諾斯注視著正面告訴他說：

「有個操縱食人花怪獸的人物……實力高於【迦尼薩眷族】的馴獸師。」

「真不敢相信……簡直是噩夢一場。」

聽了烏拉諾斯這番話，費爾斯無力地左右搖晃連衣帽。

回顧至今的事情經過，很明顯能夠看出有人在率領怪獸。費爾斯忍著嘆氣，彷彿在說如果可以的話實在不想相信這種事。烏拉諾斯瞥了他一眼，然後視線再度轉向了前方。
寂靜再度造訪祭壇，經過半晌後，費爾斯慢慢抬起頭來。
「烏拉諾斯，還有件事，是個壞消息。」
他表示有事情想先讓烏拉諾斯知道。
費爾斯在長袍下流露出悲嘆之意，將事情講給天神聽。
「接受那件委託的哈桑納遇害了。就在剛才，『里維拉鎮』送來了消息。」
聽到這段話，烏拉諾斯閉起了雙眼。
他闔起雙目，好一會兒後，他的視線轉向費爾斯問道：
「送貨的少女怎麼樣了？」
「不清楚。只知道應該還沒回到地上。」
「是嗎。」，烏拉諾斯暫且壓低了雙眸。
眼神甚至有些沉痛的天神略微抬起下巴，仰望著虛空。
祭壇的天花板高得讓人忘了這裡是地下。
彷彿在暗示烏拉諾斯等人至今憂心的結果，連火炬光源也照不到角落的頭上黑暗無聲無息地盤旋著。
仰望半空的天神蒼藍眼瞳瞇細了起來。
「那麼，果然是……找到了嗎。」

聽了並非詢問而是確認的聲音。「是啊。」，費爾斯點了點頭。

「看來確實如此。我一開始聽到時還一度懷疑自己的耳朵呢。」

晃動著長袍的費爾斯靜靜說道：

「讓怪獸產生變異的神祕寶珠……地下城裡面發生了某些我們所不知道的事情吶。」

連烏拉諾斯他們都無法掌握的異常狀況。

亦或是——出現了怪獸的高級存在，費爾斯就是在暗示這點。

有某種事物在檯面下行動。

黑色長袍之人所言被火炬的劈啪聲吸了進去、倏然消失。

第六章

渴望的吶喊

Гэта казка іншага сям'і.

Сгу прагнуў

那個人宛若一陣風。
像孩子般天真，比年幼的自己還無邪。
不知道人的惡意，也沒有人會讓她知道。
如同與白雲一起飄過那片青天的氣流。
那個人宛若一陣風，比任何人都還要自由。

至於自己。
曾經很喜歡像風一樣灑脫、慈祥、溫柔的她。
曾經深愛著笑容天真爛漫的母親（她）。
還記得那隻手是如何撫摸著自己的頭。
還記得手指撫觸臉頰的溫暖感受。
還記得搔動耳朵的悅耳聲音。
還記得她一再向自己訴說的，溫柔且幸福的故事。

自己在她的懷裡聽完故事後讓她抱著回頭一看，就能夠看到她天真無邪的微笑。
自己染紅了雙頰，臉上也展露微笑。
自己曾經相信，她一定是個魔法師。

在她面前，誰都會展露笑容。她能夠讓任何人展露笑容。

當她以慈愛眼神低頭看著自己時，自己以稚幼的聲音說「我也想跟妳一樣」。

我也想變成宛若一陣風的妳。

「妳是妳，沒辦法變成我喔？」

她歪著頭，用跟自己一樣的嗓音這樣說。

「我不是這個意思啦」，自己嘟起了圓圓的臉頰。不知道為什麼，她呵呵笑得好開心。嘟著臉頰的自己也被她那笑容逗笑了。

我們溫柔地相擁，臉上互相浮現笑容，兩個人一起歡笑。

不久後，她回過頭來。

自己從她的肩膀探出頭來，只見青年站在那裡。

黑色圍巾與單薄防具，以及收在劍鞘裡的銀色長劍。

看到了他的臉，她不再抱著自己，把自己放了下來。最後摸摸自己的頭，慢慢地站起身來。

她臉上浮現出跟看著自己時不同的笑容對著青年微笑。他也笨拙地笑了並點點頭，彷彿在告訴她什麼。

青年也注意到了自己寂寞的視線，再次笨拙地笑了。

對不起。父親（他）道了歉。

然後他轉過身去呼喚母親（她）。

「走吧——艾莉亞。」
丟下自己，兩人依偎著走進白光之中。

「……」
夢境如白霧漸漸散去。
意識穿過白色森林，來到了累積在眼瞼下的黑暗。越過狹縫，時間從過去回到了現在。
有人輕輕搖著自己的肩膀。臉頰也感受到冰涼的空氣，意識開始有了清晰輪廓。
艾絲慢慢地睜開雙眼。
「妳還好嗎，艾絲？」
「……嗯。」
她隔了一拍才回答蒂奧娜的聲音。
抬起視線一看，她正從旁邊湊過來看著自己。
「休息時間好像要結束囉。說差不多要出發了。」
「嗯……」
看艾絲還半夢半醒、意識有些朦朧的回答，蒂奧娜露出了苦笑。

艾絲輕輕搖頭擺脫殘餘的些許睏意，這次她兩眼清晰地環顧四周。

首先映入眼簾的是搖曳不定的魔石燈光。攜帶用燈具四周圍坐著芬恩、里維莉雅、蒂奧涅，以及艾絲與蒂奧娜。所有人都坐著，此時正在維修武器、清點道具。

昏暗與白濁壁面圍繞的現在地點是間小規模的窟室。在距離艾絲他們稍遠的地方有蕾菲亞在看守，除了她以外，還站著同派系的另一名團員。

艾絲一行人正在廣大迷宮的一隅稍事休息。

自從「里維拉鎮」發生的那件事以來，今天是第六天。

那場騷動後，艾絲一行人暫且回歸地表。同時，置身事件中心的他們也被迫處理各項善後事宜。

救護傷者以及往地表撤退時的護衛工作自不待言，他們又向公會與主神洛基報告了事情經過。他們本來還想公開襲擊城鎮的紅髮女子——馴獸師的相關情報，但卻因為洛基指示他們「先等等」的關係而暫且保留。至於那名女子則是因為殺害哈桑納，再加上【迦尼薩眷族】的強烈要求而貼出了通緝令——登上了危險人物名單。

除了艾絲他們與露露妮外，沒有人遇過那名馴獸師，因此怪獸襲擊事件的真相一如往常漸漸被當成了異常狀況——只有柏斯從芬恩口中得知了真相——。哈桑納遇害以及「里維拉鎮」差點全毀的話題目前也只在高級冒險者之間流傳。公會之所以這樣處理，是因為據他們判斷，讓無法進入「中層」的眾多初級冒險者知道這件事情也只會招致不必要的混亂而已。

而且，他們還不容分說地扣押了大量從食人花怪獸身上摘出的色彩斑斕「魔石」。

事件的餘波就像是有人暗中掩飾一樣迅速平息下來了。

「『里維拉鎮』已經開始重建了耶。真的好快喔——」

「能夠死愛錢到那種地步還真是令人佩服……不過也算是幫了大家的忙吧。」

圍在魔石燈旁為探索迷宮做準備時，蒂奧娜與蒂奧涅好像不經意想到而聊起那件事情來。

準備妥當後，艾絲一行人再度前往第18層，並看見「里維拉鎮」已經漸漸修繕——開始著手重建城鎮了。遇到那麼慘重的事件，高級冒險者們卻不當一回事，慢慢搭蓋起自己的店鋪。

照柏斯的說法是「這裡是地下城的重要據點耶！我們不盡一份力量，其他人要怎麼辦啊!?」，講得好像是出自一種令人感動落淚的犧牲奉獻精神，不過蒂奧涅說得沒錯，看得出來他不過就是厚臉皮死要錢罷了。

就某方面而言，公會無法看顧到的「里維拉鎮」是不良冒險者們的樂園（地痞的paradise），這點應該才是最重要的。光看鎮上可以買到「開鎖藥」等違法道具就可以得知，在這裡可以隨心所欲進行非法買賣。先不論是非曲直，對許多冒險者來說，「里維拉鎮」的確是不可或缺的存在。

流氓城鎮可不是浪得虛名。

他們比這座都市裡的所有人都要強悍，也還要難纏。

「食人花怪獸……那名馴獸師也沒有什麼顯眼舉動呢。」

「嗯——，畢竟上次鬧得實在太大了。如果主神握著她的韁繩，應該就會叫她自重一點吧。再說，要在短期間內重新訓練那麼多的怪獸幾乎是不可能的。我想不會再發生上次那種狀況了。」

只希望對方不是留了一手，還有經過訓練的尖兵沒派出來就好。芬恩回答了里維莉雅的話。

食人花怪獸後來沒有再發動襲擊，紅髮馴獸師似乎也沒有任何動靜。

為了調查委託書的情報，艾絲一行人前往哈桑納很可能去過的第30層大致搜索了一下，不過卻沒有任何收穫。結果還是不知道哈桑納是從哪裡找到那顆寶珠並將它帶回來的。逃過一劫的露露妮後來好像也聯絡不上那名委託人。

「那差不多該出發了吧。蕾菲亞、菈克塔，沒問題吧？」

「啊，是！沒問題！」

此時，艾絲一行人正重新開始探索迷宮進行原本的目的，也就是賺錢。

他們回地表一趟時，除了蕾菲亞外又帶了一名支援者，成為總數七人的小隊。

現在的位置是第37層。

這裡是越過「下層」的「深層區域」。

聽見芬恩的聲音，蕾菲亞點點頭，剛升上Lv.3的另一名支援者菈克塔也神色緊張地答應。

她被大家以「學習」為由輕易拖來深層區域，臉色顯得有些僵硬。

「艾絲，妳什麼都沒吃只是在睡，這樣不要緊嗎？我還有一點吃的喔？」

「謝謝妳，蒂奧娜……我不要緊的。」

艾絲站起來開始裝備武器，並婉拒了蒂奧娜的好意。

最後一次探索持續了半天，艾絲一行人暫且在位於第37層角落的這間「窟室」進行了長時間休息。

處於並非當日來回，而是有逗留打算的迷宮長期探索，冒險者們為了盡量恢復體力，不光是會短時間休息，也常會在迷宮裡面露營。

露營時經常會選擇安全樓層作為最好的休息區（rest area），不過特地前往安全樓層往往很費事。就像艾絲他們現在這樣，想要留在探索中地點的小隊都會在樓層內確保一個安全地帶再放膽休息。

艾絲一行人此時休息的「窟室」只有一個出入口，規模並不寬敞。周圍的牆壁都用武器砍出裂痕，還有碎片散落一地。

每當牆壁等地形有所毀壞時，地下城都會優先修補毀壞部位。換句話說，只要牆壁遭到破壞還沒有修好，就不會生出怪獸。再來只要輪班看守唯一一個出入口，這樣便可以預防怪獸的奇襲。

將魔石燈、睡袋等露營用具收進蕾菲亞她們的背包裡，艾絲一行人從休息過的「窟室」出發。

「不過從那間『窟室』找到超硬金屬（堅鋼）的時候嚇了我一跳呢——。一破壞牆壁就掉出一塊來，真是超幸運的！」

「好像光是那塊超硬金屬（堅鋼）就可以賣不少錢呢。」

「嗯，應該可以貼補一點大雙刃的費用呢！」

為了休息而破壞牆壁時偶然挖掘到的稀有金屬（rare metal）讓蒂奧娜開心得不得了。當她與蕾菲亞交談時，一旁閉口不語的艾絲一個人沉思暗想。

「艾莉亞」這個名字（單詞）。

還有那名紅髮馴獸師的身影。

兩者在腦中呼呼盤旋。

（她很強……）

很強，真的相當厲害。

回想起那個紅髮馴獸師的實力，還有她凶猛來襲的剽悍身影，艾絲一再如此喃喃自語。

如果那個時候能夠打倒她的話，或許可以問出些什麼。

也許能明白她為什麼會知道「艾莉亞」的事情。

（只要我，更有力量的話……）

太弱。

還太弱了。

艾絲・華倫斯坦是多麼弱小。

就像是詛咒一樣，艾絲不斷給予自己這種評價。只要能夠比她更強，只要這雙手有更強悍的力量，只要自己的身心沒有這麼脆弱……無數字眼浮上了漆黑泥濘的表面。

自己是什麼時候失去了利牙？

自己是不是有過那種念頭，想把唯一的夙願變成一個回憶？

艾絲在無意識中握緊了手。

內心深處遺忘已久的怒火靜靜灼燒著她的身軀。

「……那個，艾絲小姐？」

蕾菲亞戰戰兢兢地從旁邊出聲叫她。

艾絲的嘴唇始終沒出聲回答她。

廣大的通道深處出現了大量怪獸。

艾絲拔出了【絕望之劍】用力往前踏出一步。

正當小隊即刻行動準備對付遇到的怪獸群時，她迎風呼嘯、一個人走向怪獸。

讓暴怒咆哮震動著肌膚，背後感受著蕾菲亞的視線。

艾絲神色冰冷地揮響了劍，踹起地面飛奔而出。

◆

第37層又被稱為「白色宮殿（White Palace）」。

這名稱來自染成白濁色的壁面，以及實在過於巨大的迷宮構造。這層樓與上面樓層（至今）光是規模就有著天差地別，通道、房間，甚至牆壁，一切的一切都是又寬又大。雖然也有一些像是艾絲一行人用來休息的小房間等例外，不過幾乎所有的道路與「窟室」寬幅隨便都超過十M。

整個圓形樓層也像城堡一樣，並由多達五層的環狀大牆構成，通往下一層的階梯位於樓層中心。冒險者們想前往中心地帶，必須通過環狀大牆之間的開放通道，還要在好幾個高低不平的地面爬上爬下。領域的範圍幾乎能夠與巨大都市（歐拉麗）匹敵，儘管已經找出了最佳路線，然而一旦迷路則是會永遠逃不出去。

位於頭頂的空間也高得無邊無際，縱使憑著高級冒險者的視力也無法看見天花板。空間裡面充斥著黯淡黑暗，因此顯得特別陰暗，只有白濁色壁面上等間隔地亮起的燐光照亮著冒險者們的側臉。

「我還是覺得艾絲自從鎮上（里維拉）那件事以來就變得有點嚇人耶。應該說嚴肅到有點可怕。那名女馴獸師真的有那麼強嗎？」

「嗯~，我也不知道，管他的!!我也去前面喔！」

「啊，等一下！先把周圍這些傢伙打倒再去啦！」

一行人被二十隻以上的怪獸大軍襲擊，蒂奧娜揮舞著大雙刃強行開路，並衝向艾絲所在的前方。蒂奧涅變得連妹妹的分也得一起應付，並對著跑遠的背影大聲嚷嚷起來。

因為第37層特別廣大，怪獸數量在第40層以上的領域中堪稱數一數二，而且生產間隔（interval）也非常短。唯一值得慶幸的是怪獸會平均分布在樓層各處，不過要是不幸碰上突如其來聚成一群的怪獸，就算是第一級冒險者也會感到棘手。

面對廣大通道內從前方蜂擁而至的怪獸們，蒂奧涅、芬恩、里維莉雅保護著兩名支援者展開迎擊。

「嗚喔喔喔喔喔喔喔喔喔喔喔喔喔喔喔喔喔!!」

「！」

一人應付小隊前方遠處敵人的艾絲躲開了魁梧怪獸「野蠻戰士」的天然武器（nature weapon）。敵人雙手裝備的棍棒搥在地上時，艾絲軍刀一揮就將對手化為塵土。

這個樓層會出現許多所謂的戰士類怪獸（warrior）。會有猛牛（彌諾陶洛斯）級體格為傲的「野蠻戰士」、自第19層出現的蜥蜴人（lizardman）的高級品種「蜥蜴人精英」、擁有黑曜石身軀的「黑曜岩士兵」……這類與人體具有相同構造、中型級以上的怪獸在白色宮殿裡面橫行。

肉搏戰專家齊聚一堂的這個樓層對魔導士來說是一大難關。他們還來不及詠唱就會遭受敵人逼近攻擊。甚至還有「黑曜岩士兵」這種像避邪寶石一樣「魔法」難以生效——能夠讓「魔法」威力減退——的對手。身為純粹魔導士的蕾菲亞只能驚慌失措地旁觀芬恩還有里維莉雅奮戰。

「喝啊！」

「！」

「野蠻戰士」張開巨大雙顎射出長長的舌頭。

艾絲揮劍殺退長著彎曲犄角的怪獸所使出的舌頭攻擊，連同發出的哀嚎一起將對手砍倒。緊接著艾絲飛步奔出，一劍將矮胖的黑色石塊「黑曜岩士兵」砍成兩半。

在艾絲的腳邊，怪獸的屍骸、塵土逐漸堆積成一座小山。每當軍刀刻畫出銀色斜線，一群對手立刻灰飛煙滅、血肉橫飛。

燃燒著熾熱意志的金色瞳眸不斷追求著敵手。橫眉豎目的她雙腳畫出圓弧有如旋風、橫著一劍，將四面八方的怪獸一次砍飛。

怪獸們發出了環狀的臨死慘叫。

「實在有點嚇人耶……里維莉雅，她沒跟妳說什麼嗎？不過是受了一次挫折而已，不至於會變成那樣吧。」

「沒辦法。她一直堅稱沒什麼，什麼都不肯說。」

芬恩傷透腦筋地瞇起眼睛，里維莉雅則是大嘆一口氣，像是在表示自己有多麼操心。

敵人都被搶光了，在他們無奈的視線前方，金髮金眼的少女跟蒂奧娜沒花多少時間就把剩下來的敵人全數殲滅了。

「就算現在訓她一頓恐怕也沒什麼用……真是傷腦筋。」

「那個，團長、里維莉雅大人……艾絲小姐不要緊嗎？」

「她每次陷入那種狀態時只要肚子餓了就會平靜下來……一看到她好像餓了，就拿食物引誘她看看吧。或許她會冷靜下來。」

「好、好的！」

聽里維莉雅講得像是很瞭解她，蕾菲亞冒著汗點起頭來。

看艾絲這幾天的樣子，蒂奧娜、蒂奧涅還有蕾菲亞表情都顯得擔心，不過里維莉雅與芬恩說「現在先隨她去吧」，要大家靜觀時機，於是她們決定相信兩人所言。因為以相處的時間而論，比起蒂奧娜她們，芬恩與里維莉雅跟艾絲來往的時間還比較久。

蕾菲亞她們回收了戰利品離開現場。一行人往樓層深處前進，越過了最內側的環狀大牆，在樓層中心地帶進行探索。

第37層中還有以一定數量為上限，無限湧出怪獸的大型空間被稱為競技場(colosseum)。艾絲原本想一個人闖進去，不過因為大家實在是看不下去而阻止了她，之後一行人就進行著比較安全的探索。

艾絲也不會讓同伴們(蕾菲亞她們)身陷險境，儘管積極與怪獸戰鬥，不過行動時並沒有忘記身為小隊成員的本分。戰鬥結束後，她會恢復平常缺乏感情的表情，也會清楚回答蒂奧娜他們的話。

唯一只有劍術的犀利程度不同於以往。

「已經打倒很多怪獸了，錢應該也存了不少吧？好歹也在地下城窩了差不多五天嘛。」

「是嗎……」

「拿到地上正常換錢應該有三千萬吧？蕾菲亞，現在手上的字據金額有多少？」

「請稍等一下，我看看……只算在『里維拉鎮』賣掉的部分的話還不到一千萬法利。」

蒂奧娜特意找話題開朗地找艾絲講話。艾絲與蒂奧娜本來就是為了償還代用劍(細劍)與大雙刃的費用才來到地下城的。艾絲現在才想起當初的目的，又不經意連帶想起要對白兔(少年)道歉的事情，不過她搖了搖頭，把這件事趕出腦海。她告訴自己現在沒空管那些事情——同時，一想像到現在自己出現在他眼前的瞬間……心情就受到玷汙寶物的感覺束縛，不知為何總覺得很害怕。

艾絲略微低垂著眼，蒂奧涅在一旁向蕾菲亞確認。

每當「魔石」或「掉落道具」塞滿行囊，一行人就會回到「里維拉鎮」處理掉，在收購站換成字據。

由於地下的收購價格非常低，因此一行人只將比較值錢的戰利品優先留在手邊，並準備拿到地上換錢，其他東西則是盡量在「里維拉鎮」賣掉。把拿不下的戰利品換成字據，這樣子賺錢才比較有效率。

「啊，有窟室。」

一行人順暢無礙地擊破分類為Ｌｖ．３或Ｌｖ．４的怪獸一路前進，最後來到了至今最大的一間「窟室」。

（這裡是……）

在大廳裡面跟眾多怪獸交戰之餘，艾絲觀察了一下窟室周遭。

由於這裡距離樓層中央不遠，因此寬度、高度都很驚人。處在白色宮殿當中特別熟悉的廣大房間，她最後低頭俯視地板、瞇起了金色的雙瞳。

就在這個時候……

只聽見「劈嘰」一聲。

「咦，聲音從哪來的？」

「不是牆壁啦。是地板（下面）。」

以大雙刃一次掃倒好幾隻「蜥蜴人精英」的蒂奧娜發出疑問，同樣用反曲刀解決敵人的蒂奧涅這麼回答她。

響起龜裂聲的不是四面牆壁，而是來自腳下的地面。擴散起來的裂紋像是蜘蛛絲一般，緊接著超過十隻的怪獸一齊自地底出生。

既無皮膚也無肌肉，只有白骨。

肋骨與骨盤暴露在外，全身骨骼的許多部位如鎧甲般銳利隆起，模樣相當尖利。這些一開始就各自裝備著骨劍、骨斧、骨盾現身的是骸骨怪獸。

「地生人」。

出現在第37層，與野蠻戰士牠們同樣屬於戰士類的怪獸。

「芬恩，我去。」

「啊，艾絲!?」

「地生人」在這樓層擁有最高級（top-class）的戰鬥能力。

不同於全身白骨（空空如也）的外觀，牠們力大無窮、動作也快。最大的一點是裝備著各種白骨武器靈活應戰的模樣，甚至就像是在面對實力高超的冒險者（同業）一樣。

對上相當於Lv．4的強敵，艾絲從小隊裡面飛奔而出。她將還在與其他怪獸交戰的蒂奧娜等人拋在身後揮響了《絕望之劍》，不顧敵眾我寡的狀態與「地生人」集團展開衝突。

「！」

「嘎!?」

她朝著突出盾牌握劍蓄力、準備迎擊的一個個體高舉銀色軍刀從正面劈下。

連同盾牌被一刀兩斷的地生人崩潰倒地，同時艾絲避開了來自側面犀利踏出的槍兵(lancer)攻擊。她又閃過了接著砍下的斧頭、用軍刀從側面打擊特別大的一隻怪獸所使的大劍，並在錯身而過之際給了對手胴體電光一閃。被砍斷的上半身倒在地上。

「喔喔，喔喔喔！」

「———!!」

「……！」

沒有眼珠的無數漆黑眼窩全部朝向艾絲一人。

震動骨骼發出威嚇吼叫的怪獸們看起來像是在呼朋引伴，企圖要一起對付獵物。

眼光銳利的艾絲瞪著不僅能活用武器，而且還懂得聯手出擊從四面八方來襲的白骨凶戰士們，並挺身投入戰局。

她不許自己有絲毫大意，藉此提升自己的緊張感，並與怪獸集團刀劍交鋒了五分鐘。

艾絲朝著最後僅剩的地生人舉起〖絕望之劍〗向下一砍。

「咕喔喔喔喔喔喔喔喔喔喔喔喔喔喔喔喔!?」

從頭頂到胯下被一直線劈成兩半的怪獸發出臨死慘叫，接著自己也跟遭到破壞的「魔石」一樣化為塵土。

將地生人全數殲滅的艾絲銀劍一揮發出了「咻」的一聲、劍尖朝地。

四周遭到平滑切斷的部分骨頭散落一地、數也數不清，還附著在上半身的魔石綻放出藍紫色光輝。

在超過十隻的怪獸屍骸中心，艾絲一個人無言佇立著，彷彿沉浸在戰鬥餘韻當中。

「結果一個人全部解決了……」

「要是能夠稍微苦戰一下還比較可愛的說……」

蒂奧娜與蒂奧涅各自嘟噥著有些責備的話語與稍帶挖苦的嘆息，這個時候艾絲走到率先結束戰鬥的她們身邊。

她將〖絕望之劍〗收進劍鞘裡面走著，與蕾菲亞還有另一名團員擦身而過。

「……艾絲小姐，您辛苦了。」

「嗯……之後拜託妳了，蕾菲亞。」

艾絲將收拾身後地生人戰利品的工作交給了垂著眉毛對著自己笑的蕾菲亞。

她也跟另一名支援者講一聲，請她們代為處理怪獸的魔石。

「來來來，辛苦了，艾絲——！要不要靈藥？萬靈藥呢？艾絲最喜歡的紅豆奶油口味的炸薯球怎麼樣！」

「根本都沒有受傷，當然不需要什麼靈藥了。」

蒂奧娜重新打起精神，自己也走上前去迎接她。

被姊姊輕聲吐槽，她好像算準了艾絲經過一場大戰後會消耗力氣、肚子一定餓了，所以在絕妙的時機用炸薯球來釣她。

她的聲調有點偏高。

「我很好，蒂奧娜。謝謝。……最後那個我要。」

可能是因為休息前就什麼也沒吃，她纖細的肚臍附近發出了「咕」的一聲。

艾絲儘管神色凜然，耳朵卻羞得有點發熱，從蒂奧娜手中接過了炸薯球。

只是炸薯球似乎沒有好好保存，艾絲發現它有點腐壞了，期望越大，失望也就越大。

「不管怎麼樣，怪獸大致上都收拾乾淨了……。接下來該怎麼做，芬恩？」

結束了一場大戰，里維莉雅低頭看著芬恩。

儘管說不上走透透，不過第37層基本上算是走過一遍了。如果要從目前所在的樓層中央附近繼續前進的話，自然就會前往第38層。

每往下一層走，迷宮的危險度就越高。考慮到手邊物資的分量開始教人不放心，還有武器的耗損程度，她向小隊隊長請示了意見。

「嗯——，差不多該回去了吧？畢竟這次算是玩票性質，在這裡待太久的話，回程路上浪費太多時間也很麻煩的。里維莉雅，妳覺得呢？」

芬恩似乎也跟里維莉雅抱持著相同意見，表示是時候撤退了。

這次並不是正式攻略地下城的「遠征」，他表示沒有理由勉強逗留，里維莉雅也點點頭。

「我聽從團長的指示。……大夥準備撤回！」

「「是——！」」

蒂奧娜與蒂奧涅回覆里維莉雅的指示，忙著進行支援者工作的蕾菲亞她們也回了一聲「知道了——！」

蒂奧娜非常快活地——或者是為了讓氣氛快活點——開始說道：

「不過話說回來啊，要是這次找伯特一起來一定會吵死人的——。那個愛耍帥的一到艾絲面前整個精神都來了！」

「那場宴會結束後，他酒一醒，我就婉轉告訴他：你被艾絲拒絕了，結果他整個人臉都綠了耶。」

「嗚哇——！超想看的——！妳怎麼沒跟我說啊，蒂奧涅——！」

面對這樣的蒂奧娜，蒂奧涅也一副滿不在乎的模樣，不過嘴角浮現著小小微笑。

她配合妹妹的話題拿同僚（伯特）開玩笑來炒熱氣氛。順便一提，他這次又因為蒂奧娜的奸計而沒能加入探索。

將「魔石」與「掉落道具」的回收工作交給蕾菲亞她們，以這幾個女生為中心，氣氛頓時變得輕鬆起來。

然而，就在這個時候，突如其來……

「……芬恩，里維莉雅。我想繼續留下來。」

艾絲做出了此種要求。

蒂奧娜與蒂奧涅驚訝地轉過頭來。

承受著她們的視線，她缺乏感情的表情文風不動，反而還蘊藏了堅定不移的意志。

平常總是順著大夥意見的艾絲提出的這項要求——比大家想像得還嚴重的堅決意志——著實讓芬恩嚇了一跳，他略微睜大了雙眼。

里維莉雅則是閉起了一隻眼睛目不轉睛地注視她。

「也不用分糧食給我。我不會給大家添麻煩的。拜託了。」

艾絲最後懇求著希望他們能夠讓自己留在樓層裡。

「等、等等——！艾絲，妳說這種話就已經給我們帶來困擾了！把艾絲丟在這種地方豈不是要我們一直為妳擔心嗎！」

「我也跟蒂奧娜意見相同。就算怪獸的Ｌｖ．３再怎麼低，也不能把同伴一個人扔在深層。這樣太危險了。」

面對艾絲的要求，蒂奧娜忍不住逼問她。蒂奧涅也皺起了眉頭，並在妹妹之後慢慢如此說道。

而她們的這種態度都是關心艾絲的反面表現。
看到這對姊妹真心為自己擔心，艾絲無法回嘴。
「為什麼艾絲這麼愛打鬥？」
蒂奧娜垂著眉毛這樣問她時，她無法回答這個問題。
看到把自己當朋友的她感到悲傷，艾絲只有沉默不語。
對她溫柔的關懷，艾絲只能始終不說話。
也許是明白到艾絲什麼都不肯說，蒂奧娜心意一轉，總之想到什麼就像射手隊一樣講個沒完，硬是要她回心轉意。
「艾絲長得這麼漂亮，很可惜耶——。妳要更像女孩子啦——。連我這個亞馬遜人都比妳愛打扮，這樣怎麼行啦——」
「我……就不用了。」
「為什麼？妳不會想找個強悍的雄性……中意的男人什麼嗎？艾絲這張漂亮臉蛋是裝飾嗎？」
「好了，自己都不做的事情不要強加到在別人身上啦。」
蒂奧涅覺得她講得太離譜而出聲吐槽，同時遠離一步旁觀的里維莉雅嘆了口氣。
她轉向芬恩開口說道：
「芬恩，我也拜託你。就尊重艾絲的意願吧。」

「「里維莉雅！」」

蒂奧娜與蒂奧涅不敢置信地齊聲大叫。

艾絲內心也很驚訝。

因為她以為里維莉雅一定會勸戒、反對她的。

「嗯——……？」

芬恩也抬頭望著她那美麗的臉龐，彷彿想問出她的真正想法。

「這個孩子很少有任性要求的。希望你可以答應她。」

「妳搬出這種小孩子家長般的心情是說不動我的，里維莉雅。蒂奧娜她們說的還比較有道理。

我身為小隊的領導人，恕難答應。」

「我也知道自己是在寵她啦……好吧。」

里維莉雅邊嘆氣邊看向艾絲。

艾絲也知道自己在給她找麻煩，頓時滿心歉疚。

里維莉雅不曉得是不是明白艾絲的內心，自嘲地彎起雙眉與紅唇。

她將視線轉回芬恩身上並告訴他說：

「我也留下吧。」

里維莉雅告訴他，自己願意擔任艾絲的支援者。

芬恩注視著她翡翠色的眼睛、將手放在下巴，並吊人胃口似地點點頭。

「好吧，我准。」

「怎麼這樣啊——，芬恩——。你也勸她們兩句啊——」

一臉不服氣的蒂奧娜發出抗議。

芬恩苦笑著繼續說：

「既然里維莉雅也要留下，我想是絕對不會出任何差錯的。反倒是我們回程時可能會有危險了。」

「我可沒有厲害到能夠攻擊又會恢復喔，團長。」

蒂奧涅從不反對心上人的決定，不過語氣也稍微帶刺。儘管還不到責備的地步，不過這番話聽起來的確有點不滿。

聳聳肩的芬恩接受了兩人的不滿，沒過多久便決定讓艾絲與里維莉雅繼續留在這個樓層。

蕾菲亞似乎在遠處察覺到了狀況，結束了工作後慌忙趕回來。

「艾絲小姐，您要留在這裡嗎？」

「嗯……對不起，我這麼任性要求。」

「啊，那個，呃……那、那麼，我也留下來！我絕對不會礙手礙腳的，請讓我當支援者吧！」

「啊，那我也留下來——！什麼嘛，原來問題這麼簡單嘛！」

「就跟妳們說了沒有物資啊。兩人份還好，要是三人、四人的話，艾絲她們跟我們的糧食與水都會不夠分啦。」

「「嗚嗚～～～～～～……」」

聽了蒂奧涅的指摘，蕾菲亞與蒂奧娜的脖子不約而同慘兮兮地往下一彎。

出自物資、治療用道具的問題，要讓三人以上留在這個樓層有點困難。除了艾絲的不壞劍（絕望之劍）外，武器的狀況也開始讓人不放心了。

蕾菲亞與蒂奧娜只好哭喪著臉退出。

正當里維莉雅站在一旁看著在艾絲周圍吵吵鬧鬧的三個女孩時……

芬恩無聲無息地走到她的身邊。

「所以，妳剛才那樣提議到底有何目的？」

聽到他小聲問自己，里維莉雅看了他一眼。

「總不會真的就像妳說的那樣吧？」

「……現在阻止那丫頭也只是在拖延問題。總有一天會在哪裡惹出大麻煩的。與其在看不到的地方破裂……倒不如在我眼前盡情爆炸還比較好。」

「原來如此啊。」

笑著說「是我眼拙了」的芬恩在閉起眼睛後對她眨了眨眼。

他那態度看起來像是在奚落里維莉雅過度保護艾絲，讓里維莉雅顯露出欲言又止的眼神，不過她終究沒有回嘴。

「我想那個馴獸師應該不會出現，不過還是請妳多小心。我把我手邊的魔法靈藥全部留下來。……是妳允許艾絲獨斷專行的，妳得連她那份責任一起扛喔。」

「我知道……還有，不好意思，謝謝你。」

聽了芬恩闡明【眷族】的副團長——甚至可以說是年長者該有的態度，里維莉雅點點頭並道了謝。接過少年從隨身包取出的試管，她走向了艾絲身邊。

她旁觀著芬恩等人做好撤退準備，不久後便與他們告別。

在「窟室」唯一一個出入口前，蒂奧娜與蕾菲亞在離去之際不斷激勵艾絲好幾次。

「謝謝妳，里維莉雅。」

在只剩兩人的窟室裡，艾絲開口說道。

並肩站著的里維莉雅沒有看她，淡淡答道：

「我很想說以後別這樣了，不過現在說這個也沒用了吧。總之就讓我抱怨一句，別讓我太費心了。」

「……對不起。」

艾絲也有感覺，自己在里維莉雅面前從各方面來說都變得比較自然。

不同於面對芬恩或主神（洛基）的時候，也不像面對蒂奧娜她們的時候，在里維莉雅面前的是赤裸裸的自己。

她的牢騷還有自己的道歉中確實有著心靈相通的兩人才有的連結。

艾絲不太會形容，總之那跟對同伴的信任也有點不同，是種溫暖的感受。

「……」

在黑暗的大廳中，兩人沒有特別做什麼，一時之間保持沉默。

怪獸的吼叫聲很遙遠。感覺上沒有任何生物靠近這間廣大的「窟室」，顯得有點不自然的靜寂傳到艾絲與里維莉雅的身邊。

防具與戰鬥衣周遭的樓層空氣冰冷刺骨。天花板高度很高又缺乏燐光的第37層有股會讓人打起寒顫的涼氣。

地下城喚起寒意的呼吸氣息撫過脖子。

「……？」

也許是對無意移動的自己感到訝異，里維莉雅的翡翠色眼瞳對著艾絲。

艾絲肩膀感覺著她的視線，不過仍然一動也不動。

她完全不打算像剛才那樣探索樓層的每個角落。更不是在這裡等候怪獸過來。

她之所以會留在這個樓層、這間「窟室」是有其他理由的。

如果自己猜得沒錯，應該——

艾絲暗自思考、屏氣凝神等著那一刻到來，突然間……

一陣微小的，真的只有些微的震動搖動了腳上所穿的靴子。

——果然。

「來了。」

「什麼？」

艾絲的柳眉銳利倒豎，目光緊盯著大廳中心。里維莉雅正要問個清楚，才剛開口，她也注意到了。

地面正在搖晃，而且陣震動一點一點變大。

「難道是……」

里維莉雅低喃著，話聲甫落，「窟室」中心地面一帶隆起了。

然後——劈嘰一聲。

伴隨著岩石的哀嚎，地面產生了數不盡的裂痕。

大地如地裂般裂開。竄向周圍的裂紋彷彿永無止盡，接著一個讓人懷疑自己眼睛的漆黑巨體突破地面，將身軀一路伸向又高又遠的頭頂。

搖散灑落卡在巨大身體上的岩石與砂土有如土石流般滾滾灌下。大廳搖晃不止。那個龐然大物四處散布著幾乎要震破鼓膜的轟然巨響，最後終於完全現身。

在艾絲她們的視線前方，那頭漆黑的怪獸仰望著充斥黑暗的穹蒼。

「——吼喔喔喔喔喔喔喔喔喔喔喔喔喔喔喔喔喔喔喔喔喔喔喔喔喔喔喔!!」

無止盡發出墜地哭聲的是超大型怪獸，其體格不亞於出現在「里維拉鎮」的食人花女體型。

從牠全身散發出來的威嚇感更是比女體型多出一倍。

這就是樓層主。

君臨第37層的「迷宮孤王」。

Lv．6，「烏代俄斯」。

「這樣啊。已經過了三個月啦……」

每當需要一定週期生產間隔的「迷宮孤王」遭到擊破後，就必須經過一段固定時間才會在迷宮裡面重生。大約三個月前正好是【洛基眷族】投入總體戰力將其打倒的，里維莉雅仰望著那副巨大身軀有些愣怔地低語。

彷彿「地生人」直接巨大化的骸骨怪獸「烏代俄斯」通體漆黑。黑色骨骼光是看就覺得要被吸了進去，帶著既詭異又危險的銳利光澤。

下半身埋在地底下，光是骨盤以上的身體就將近十M高，前傾彎曲的脊梁骨──無數椎骨顫抖著，好像有意志地波浪起伏。頭部長出了兩支彷彿惡鬼(食人魔)的犄角，充滿黑暗的巨大眼窩深處有朱紅色小朵怪火搖曳著。

在那巨大身軀的中心，胸部內部有塊大得超乎常理的魔石，就像是讓粗厚胸骨與肋骨保護著一樣。

那副身軀沒有能夠稱為內臟的器官，只有散發出炫目藍紫色光輝的巨大結晶，就像是樓層主的心臟一般。

「里維莉雅，妳別出手。」

面對一如預期出現的樓層主，艾絲從腰際的劍鞘中拔出【絕望之劍】。

這是進入下一個階段的大好機會。

為了讓自己已經到頂的器量得到昇華，她要單獨擊敗樓層主這個強勁對手。艾絲要完成連諸神都認可的豐功偉業，也就是克服艾絲的極限。

要變得更強，再強，不會再屈服於任何人。

為了脫離弱小的自己，為了獲得更強的力量。

艾絲將浮現腦海的紅髮女子身影與眼前的漆黑怪獸重疊，吊起了金色雙眼。

「艾絲，妳真的打算一個人對付牠嗎？」

里維莉雅對著往前走去的艾絲背後發出僵硬的聲音。

面對張開上下顎骨、對自己發出駭人咆哮的「烏代俄斯」，艾絲靜靜地揮灑劍刃的銀光。

「別擔心。」

她胸中潛藏著無可撼動的決心啟唇說道：

「很快就結束了。」

黑骨巨人震動了。

一個人踏入牠的攻擊圈解放了牠凶惡的戰意。

面對全身骨骼吱吱作響、進入臨戰狀態的最強敵人。

艾絲踹向地面投身有勇無謀的戰場。

她一直線奔向敵人跟前。

右手提著唯一的武器，同時也是一起闖過多場死鬥的戰友（絕望之劍），艾絲從正面飛速疾走，衝進了高大到必須仰望的巨大身軀懷中。

「吼喔喔喔喔喔喔喔喔喔喔喔喔喔喔喔喔喔喔喔喔喔喔喔喔喔喔喔喔喔喔喔!!」

衝刺過來的艾絲讓烏代俄斯發出震撼空氣的嘶吼。

牠以搖曳的朱紅怪火死瞪著金色身影，將暴露無遺的長條骨頭，黑得發亮的歪扭左臂——那把巨大鈍器拉到身後積蓄力道。

刨挖著空氣朝著矮小人影使出橫掃的一擊。

「【甦醒吧（Tempest）】!!」

面對直逼而來的一擊必殺，艾絲念出了超短文詠唱。

轉瞬間風之氣流連同防具包裹了整個身體。艾絲隨之增強了速度，以猛踩的左腳轟炸地面、一口氣加速。

她的身體向前壓低，在烏代俄斯的左臂擊中身體前鑽進懷中。於攻擊範圍（swing）外的極近距離遭人以消失在視野死角的速度入侵，怪獸的眼睛一瞬間追丟了艾絲的身影。

至於艾絲，空洞的肋骨就在眼前，她跳了起來。

貫穿空中接近的是敵人的左腋中段。她對著手臂揮空而毫無防備的左胸舉起了劍。她又提升了附加在劍身上的風力輸出，提高了威力與攻擊距離（reach）。

她扭轉腰部將右手的〖絕望之劍〗拉到左肩積蓄力道，並使出一道音速橫斬還以顏色。

「唔嗚嗚!?」

「！」

對準位於胸骨內部的巨大「魔石」、想要瞄準肋骨縫細深入內部的風劍一擊被第五肋骨的上下移動擋住了。面對冷不防朝著自身中樞發動奇襲的艾絲，烏代俄斯在一瞬間做到了搜索與反應，並在同時採取了防衛行動。

——可惜。

側眼瞅著別說砍斷，甚至連擦傷也沒有的漆黑肋骨，艾絲面無表情地喃喃自語。

只要能夠在中樞留下一道裂痕，對手的動作就會大幅減緩。儘管這種好機會可遇不可求，不過只要有機會下手，自己還是應該果敢進攻。

穿過身體左側，艾絲來到烏代俄斯的後方降落至地面，接著立刻掉轉身子。

她砍向背後脊梁骨滿是破綻的樓層主——下個瞬間。

艾絲奔跑的地面（腳下）射出了漆黑柱子，模樣有如往上伸出的長槍。

「！」

她只移動了上半身便避開了從下巴下方往上刺出的銳利一擊。

掠過耳朵的漆黑柱子打亂了金色長髮，接著地面射出了五根長矛，艾絲迅速地往側面逃開。

突破地面出現的槍林，亦可說是劍山執拗地追著艾絲，從視野的下方展開攻勢。

——就是這個。

連人數龐大的攻略隊（小隊）都無法一口氣攻打這個缺乏旋轉能力的樓層主（烏代俄斯），其原因就在這裡。

牠能夠藉由這種從地面源源不絕射出的倒樁（pile）讓敵人無法靠近。若是敢輕易跳進敵人懷裡，就會遭到這種劍山連續刺穿，這是烏代俄斯攻守合一的武器。

只讓上半身出現的烏代俄斯，其下半身並非毫無意義地埋在地底。不，正確來說，烏代俄斯並沒有下半身。

牠就像是一株巨大樹根在地底盤根錯節的大樹，從骨盤衍生的大量身體零件擴散到這整個大廳的地板底下。換句話說，在艾絲的腳下埋藏著烏代俄斯設置的無數劍山地雷。

可以說這整個廣大的「窟室」都是交戰對手。射出的倒樁將攻擊範圍設定在空間中的整片立足點（地面）——整片戰場。

一旦走到烏代俄斯的眼前，之後只要想逃，出入口就會被漆黑劍山堵住。骸骨之王直到結束殺戮前都不會讓敵人逃出「窟室」。

「嚕喔喔喔喔喔喔喔喔喔喔喔喔喔喔喔喔喔喔喔喔！」

「嗚!?」

與巨大身體上半身應有的沉重轉身正好相反，以駭人速度射出的劍山接連不斷襲向艾絲。此時艾絲的周圍早已林立著無數漆黑柱子。

彷彿在呢喃著「到這裡來」，漆黑柱群誘導著艾絲的行動。被迫連續進行閃避的身體在不知不覺間被帶回烏代俄斯的正面。

讓眼窩中的怪火炯炯發光，樓層主毫不留情地用雙臂進攻。來自地面的倒椿與頭上揮來的鋼臂，面對如此猛烈的天地夾擊，臉色苦澀扭曲的艾絲身纏強風、勉強殺出重圍。

「艾絲！」

受到艾絲懇求不要出手的里維莉雅從外頭呼喊。

在窟室出入口附近的她還沒有被烏代俄斯發現，腳下有如暴風雨前的寧靜般保持沉默，然而觀望戰鬥趨勢的她卻是憂心忡忡。

本來應該由三十人以上小隊來分散火力的倒椿攻擊如今全都殺向艾絲一個人。縱使藉由魔法恩惠獲得超乎尋常的速度，不過照那樣看來，被抓住只是時間早晚的問題。

里維莉雅拿著法杖想要踏出一步，不過艾絲的雙眸制止了她的雙腳。

她面朝里維莉雅以金色視線示意「我不要緊」，讓里維莉雅的臉色因為承擔某種感情而扭曲。

「……！」

艾絲立刻將視線從里維莉雅轉回前方，用大動作避開從下方伸出的槍林。

每根倒樁的長寬不一。有銳利突出來阻擋腳步、不到一M的短槍，也有伸出阻礙前進路線或行動、長達三M以上的粗厚柱子。形狀有的尖銳、有的呈現長方形，形狀雜亂不一。

儘管倒樁的連續發射會構成威脅；不過相較之下烏代俄斯的直接攻擊更是強悍。每當掌擊高舉揮下，正下方的劍山就會被搥個粉碎，並將地板夷為平地。儘管艾絲身披風之鎧甲，不過要是直接被擊中的話也會即刻丟掉性命。在第50層與第18層遇到的女體型比起這頭怪獸還是遜色許多。其力量與能力都不負迷宮之王的稱號。

劍山轉眼間逐漸淹沒了立足點，艾絲經過一根就砍倒一根，並在同時側眼注視著烏代俄斯的軀體。

（要下手，就挑關節……！）

通體漆黑的巨大身軀一如字面所示，包括肩膀、手肘等處的關節閃爍著類似「魔石」光輝的藍紫色光彩。

沒有皮膚與肌肉組織的烏代俄斯，其骨頭身軀之所以能動都是歸功於那些核關節的力量。發出龐大魔力的各處關節核心讓巨大骨頭得以行動自如，而且也連接了每個部位。只要打壞「地生人」身上也有的——以那種怪獸來說肉眼看起來只像是更小的光粒——核關節，敵人的身體便會脫落，可以大幅削減其實力。要下手，就應該挑選與關節數量相同的藍紫色發光處。

敵人的體力也是無窮無盡，必須在自己耗盡力氣前下手才行。思考有了結論，艾絲打算轉守為攻。

她集中所有精神力啟唇喊道：

「風啊！」

最高輸出。

風之鎧甲增加了氣流、厚度與風壓，將艾絲的身體轉化為極小狂風。任由疼痛不堪的全身進一步遭到激烈碾壓，她讓莫大強風成為自己的幫手，斷然實行了今天最大的加速。

「!?」

消失在視野外的艾絲讓烏代俄斯的怪火眼瞳為之搖曳。

她從敵人巨大身軀的左手邊畫著直角軌跡繞到後方。蠢動著頸椎，朱紅怪火一發現疾風的身影，怪獸連出聲威嚇都嫌浪費、立即射出了倒椿。

然而，打不中。碰都碰不到一下。

實在是太慢了——是艾絲太快了。

壓倒性的速度遠遠凌駕於倒椿的射出速度。劍山空虛地貫穿艾絲早已通過的位置，而持續發射的柱子也拚命追在她的身後。

將許多地雷拋在背後，艾絲的目標是敵人的脊梁骨與腰椎。

她從正側面急速逼近對手並舉起了〔絕望之劍〕。艾絲衝過敵人腰部前方同時振臂一揮，砍出蘊藏著細小龍捲風的銀色軍刀。

「嘔!?」

骨盤正上方的腰部惡狠狠挨了一記，烏代俄斯的上半身往右歪倒。當牠的背脊大幅彎曲時，艾絲從左往右跑過敵人背部，將腳部與左手打進地面，然後用風力朝逆向全開做了緊急煞車。

即便受到撕裂身體般的衝擊，不過她成功抵消了疾走之勢。緊接著艾絲一刻不停息地踢踹地面、將地面踏碎，並化為暴風子彈再度衝向烏代俄斯的脊梁骨。

她這次換成從右邊──朝著龜裂腰椎深處的核關節──使出同一攻擊。

「吼喔喔喔喔喔喔喔喔喔喔喔喔喔喔喔喔喔喔喔喔!?」

腰椎的一塊椎骨遭到破壞，失去平衡的上半身向前傾倒至地面。

烏代俄斯宛如叩拜般折彎了上半身。眼見巨大怪獸墜落地面，艾絲遵循對抗樓層主的不二法門（通用方法）覺得機不可失，縱身躍向了敵人。

「咕嗚嗚嗚嗚嗚!?」

烏代俄斯激烈搖晃著上半身不想讓艾絲靠近，還從倒下的身體旁邊胡亂射出倒椿，試圖擊退看不見的敵人。

至於艾絲則是一路飛奔、躲過一切抵抗，在無法充分迎擊的怪獸右肩降落。她將軍刀劍尖朝下，對著從縫隙露出的核關節往下直刺。

劍尖傳來了堅硬的觸感。面對硬度極高、不讓刀刃繼續往下刺的藍紫核心。

艾絲咆哮了。

「【狂風吹啊（Tempest）】!!」

她讓巨大氣流（風靈疾走）流進劍身令其失控。

刀刃埋入的核關節轉眼間破裂——擊碎。

「————————————!?」

烏代俄斯的顎骨迸出了淒厲吼叫。

伴隨著風的爆炸，彈飛的關節慢慢脫離右肩，肩膀以下的上臂發出轟然巨響，進而連根脫落。

烏代俄斯失去了整隻右臂。

「真是可怕的傢伙……！」

視線前方掀起的光景讓里維莉雅有如呻吟般喃喃自語。

眼見艾絲不用大魔法砲擊、單憑一把利劍就奪走烏代俄斯的手臂，這點讓她產生了近乎戰慄的情感。

「！」

連艾絲自己也被毫無保留的魔法（狂風）餘波吹飛。當一降落地面，她便立刻飛奔而出。

就在她想要乘勝追擊、剁下敵人的身體部位時，烏代俄斯因痛苦與憤怒而瘋狂燃燒的怪火（眼瞳）睥睨著疾走而來的艾絲。

樓層主連續擊出倒椿覆蓋自己的身軀。

「！」

無數劍山在各處關節上面複雜交錯，藉此守護著關節。

敵人也不是笨蛋，明白了艾絲的企圖後開始強化防禦了。恐怕是想花時間療傷吧。只要從中樞（魔石）灌入「魔力」，核關節用不了多少時間便會再生。只是身體部位已經脫離，就算修好了核心也不會回歸軀體。

敵人想讓艾絲打壞的腰椎核關節復原，好再度撐起上半身。

艾絲當然不會坐以待斃。她逼近敵人，想連同劍山把敵人的身體砍成碎片，然而……

「吼喔喔喔喔喔喔喔喔喔喔喔喔喔喔喔喔喔喔喔喔喔喔喔喔喔喔喔喔!!」

烏代俄斯趴在地上發出了吼叫。

牠手貼地面，像是對母胎呼喊般發出咆哮。接著，像是要捍衛君王的小卒般，大量「地生人」自地面誕生。

「!?」

拎著武器的白骨戰士們擋住了艾絲的去路。她情急之下想高高跳起飛越牠們，然而還來不及起跳，敵軍就即刻接近了她，有如湧向蝴蝶的螞蟻般接二連三來襲。她只得應戰。

而里維莉雅身邊也有許多地生人從地面出現。

「唔!?」

怪獸群殺向身為魔導士這種後衛職業的里維莉雅。

生出的怪獸將近二十隻。雖然對手出其不意現身，不過自己竟然允許了敵人的奇襲。她一邊詛咒著自己的大意，一邊用手中的長杖應付地生人們的猛攻。

即使對手的能力於己不利，她卻反用杖術一一將其擊破。不只如此，她還進行了「並行詠唱」，一邊閃躲敵人的攻擊一邊架構魔法。

「嗚嗚……」

就在艾絲她們費著工夫對付生出的軍隊（地生人）時，烏代俄斯一口氣恢復完成了。

牠打碎了咬著嘴唇之艾絲前方的劍山防壁，搖搖晃晃地撐起了上半身。

右臂消失的漆黑骸骨燃燒著眼窩中的火焰，同時自大地召喚出一根倒樁。

那倒樁伸長、伸長、再伸長。

令艾絲與里維莉雅瞠目而視，既長且大的漆黑柱子出現在烏代俄斯眼前。

牠以蠢動的漆黑指骨抓住它，拔出了這根同色的柱子——一把劍。

全長約有六M吧。

對艾絲來說是把特厚的長劍。就烏代俄斯來看，則是根不及細枝的短劍。是把有如天然武器的黑色大劍。

左手拿著不符合巨大軀體的細長武器，怪獸俯視著艾絲。

——牠要做什麼？

不只艾絲，就連里維莉雅也沒有看過烏代俄斯做出這種舉動。與地生人們一樣裝備起武器的樓層主慢慢連同左臂將武器高舉過頭。

面對初次目睹的攻擊，艾絲一邊解決周圍的小卒一邊提高警覺。當她無法決定是否該暫且拉開距離時——那副光景闖進了金色眼瞳。
肩膀、手肘、手腕。
各個核關節有如燃燒的流星般璀璨發光。從烏代俄斯的左臂發出的紫色不祥光輝讓艾絲的背脊竄過一陣寒意。
她卯足全力想跟高舉左手後一動也不動的樓層主正面拉開距離。
用風之鎧甲承受著周圍地生人的攻擊硬是衝離現場。
幾乎在同一時間，烏代俄斯的左手變模糊了。
「————」
以肉眼不可辨識的超高速度，黑色大劍橫向一掃。
只見肩膀、手肘、手腕的核關節迸發出強光，敵人用樓層主不該有的攻擊速度揮出了武器。
漆黑影子通過了艾絲視野的角落，緊接著颳起了一陣迅猛暴風。
「～～～～～～～～～～～～～～～～～～～!?」
突出地面的劍山與地生人在一瞬間消失了。
就連最後一刻逃出黑色大劍有效範圍的艾絲也被那股衝擊波轟飛而重摔在地上。
遭到橫掃的地面燒焦冒煙。艾絲難掩戰慄之情趕緊站起身來，眼光看向烏代俄斯的身軀。
烏代俄斯恐怕是在核關節灌注了大量「魔力」才能夠施展出用盡全力的斬擊。結合了樓層主超乎常規的臂力與「魔力」爆發出來的一擊，一出手便粉碎了攻擊範圍內的所有物體，就連身纏強風的艾絲也無法倖免。

唯一值得慶幸的大概是那種攻擊無法連續施展吧。仰望著高舉左手再度累積「魔力」的烏代俄斯，艾絲瞇起一隻眼睛。

因為轟飛左臂而觸怒了樓層主。若是人數眾多的小隊還能夠進行圍攻，不給對手裝備武器的時間，然而對付單獨來襲的艾絲，牠可以精製黑色大劍進行召喚——如果空手攻擊用上「魔力」爆發，身體勢必會無法承受反作用力與衝擊而自我崩潰吧——

烏代俄斯的祕招至今無人目睹過，是真正的殺手鐧。

面對樓層主隱藏的力量，就像是一部分的面具剝落那樣。

艾絲臉上開始以冒汗形式流露出強烈的危機感。

「艾絲，退後！只要拉開距離劍就打不到了！」

伴隨著來自後方的暴風雪餘波，里維莉雅如此吶喊著。

結束了詠唱，她重獲自由的嘴提出了忠告，不過艾絲不聽。

她握緊劍柄頑固地逼近烏代俄斯。

「蠢蛋……！」

背後聽著她痛罵，艾絲自己主動接近敵人的懷中。

敵人已經察覺到里維莉雅的存在，也在她身邊射出倒樁，同時地生人又再度現身。與腳步遭到拖延的她產生物理性阻隔，艾絲與烏代俄斯持續進行交戰。

右斜一閃的斬擊。

艾絲從對手舉劍的姿勢看穿攻擊角度與範圍，在對方出手前採取閃避行動，然而震盪著身旁空間的衝擊波打在她的身上，讓她表情因為苦悶而扭曲。緊接著轟然巨響與地面碎片爆炸四散。

面對為了砍殺對手而接近自己的艾絲，烏代俄斯一再地製造劍山。烏代俄斯並非直接瞄準她，而是像障壁一樣量產五M以上的柱子來妨礙她的攻勢。艾絲無法即刻突破好幾根柱子聚集而成的牆壁、突擊好幾次遭到中斷。伴隨著驚人風切聲，敵人又立刻用大斬擊撲殺她，想把艾絲連同障壁一起砍成兩段。

敵人能夠同時使用倒椿與「魔力」爆發。實在是相當棘手。

艾絲在風力許可下縱橫馳騁，好幾次繞到了敵人後方，不過卻遭到地生人與劍山障壁阻礙，無法成功給予剛才那種決定性損傷。她在漆黑骨骼上面造成了好幾處損傷，但是烏代俄斯不容她在核關節等處留下致命傷。甚至可說捨棄了其他部位的防禦，徹底地保護著要害。

就在她閃避著不知道是第幾次的大斬擊而滿心焦躁時……

艾絲想要果敢地再次突擊。

然而，嘎噔一聲。

她聽見了肉體失去力量的聲音。

「──────」

最高輸出的風(風靈疾走)，再加上長時間的連續行使。

承受不住要命的過度負荷，精神力還沒耗盡，艾絲的身體就率先達到極限。

彷彿將全身染成通紅的痛楚敲響著警鐘。身體如同斷了線般失去力氣，動作顯而易見地變得遲鈍起來。

烏代俄斯沒有錯失這個好機會，猛烈地讓倒椿射出地表。

「!?」

漆黑槍矛朝著太陽穴射出。她勉強躲開，不過纏繞在身上的氣流被削減了一些。

接著又是一番追擊，倒椿速射砲急速襲向艾絲。劍山從四面八方突刺而出，好幾次擦過風之鎧甲、衝擊撼動著軀體。

就在她姿勢不穩、即將被劍山命中而死命奔逃的時候——金色眼瞳看見了那個。

烏代俄斯將左手拉到背後。

肩膀、手肘、手腕。讓三個核關節發光、蓄勢待發的橫掃架式。

她現在完全待在敵人的攻擊範圍內。搖曳的朱紅怪火冷酷無情地俯視著凍結的艾絲。

思考染成一片純白，不顧遭到倒椿毆打。

將重重氣流纏在身上，艾絲全力拔腿飛奔。

下個瞬間。

「吼喔喔喔喔喔喔喔喔喔喔喔喔喔喔喔喔喔喔喔喔喔喔喔喔喔喔喔喔喔喔喔喔喔喔喔喔喔喔喔!!」

「嗚!?」

被打中了。

黑色大劍的刀鋒打破了風之鎧甲。由於艾絲不管三七二十一硬是採取閃避行動，攻擊並沒有直接命中身體，然而光是那陣衝擊造成的破壞力就足以將艾絲揍飛出去了。

她刨削著地面以決堤之勢飛到好幾十M外。纏在身上的氣流全數被彈開，【風靈疾走】遭到強制解除。

掀起滾滾煙塵，身體好不容易才停了下來。難以形容的痛楚支配著全身，艾絲撐開了眼皮。

視野染成一片鮮紅。

「艾絲!?」

里維莉雅發出慘叫。

看見少女慢慢從仰躺姿勢顫抖著想要撐起上半身，里維莉雅的美貌扭曲了。

「──滾開!!」

「嗝嗯!?」

被她用長杖狠狠打飛，眼前的地生人頭部變成了碎片。

打倒包圍自己的最後一隻怪獸，里維莉雅想要趕到艾絲身邊。

「吼喔喔喔喔喔喔喔!!」

「!?」

然而，敵人在她腳下發射倒樁。里維莉雅趕緊傾倒身子。抬臉一看，烏代俄斯正在遙遠的前方把眼窩深處的怪火對準了她。

牠似乎將第一優先從倒地的艾絲換成了里維莉雅。受到漆黑劍山襲擊的她倒豎柳眉。

「【終末的前兆啊，皚皚白雪啊。面臨黃昏時刻，捲起狂風吧】。」

看我把你吹垮。

迅速進行「並行詠唱」的里維莉雅露出難得一見的憤怒表情，並用翡翠色雙瞳回瞪著烏代俄斯。也不在乎兩者之間隔了至少一百M，她一面閃躲倒樁一面展開魔法陣。

面對非比尋常的「魔力」攀升，樓層主似乎感到畏怯，正當祂身體稍微一動時——艾絲她……

她猛然睜開了雙眼。

「里維莉雅!!」

少女的大吼讓里維莉雅一震，魔法陣也應聲消散。

「不要，出手……！」

她撐起上半身，把即使被震飛也絕不放手的《絕望之劍》像拐杖一樣插在地上。

讓額頭溢出的鮮血染紅了臉龐，艾絲慢慢站了起來。

「……少說傻話了！妳要我對妳見死不救嗎!?」

「拜託妳，里維莉雅……！」

她一邊用發抖握住劍柄的手將身體拉離地面，一邊出言哀求。

用幾乎快要哭出來的聲音懇求大聲責備自己的里維莉雅。

「我求妳了……！」

讓地面累積一灘鮮紅血池，艾絲用自己的四肢站了起來。

里維莉雅目瞪口呆地看著艾絲，她擠出聲音進行詠唱。

「【甦醒吧】……！」

氣流捲起。

讓全身受到風的庇佑，艾絲再度與烏代俄斯對峙。

看見少女戰意絲毫未失的姿態，怪獸也晃起了瞳孔的火光。

「啊啊啊啊啊啊啊啊啊啊啊啊啊啊啊啊啊啊啊啊!!」

「!!」

怪獸發出咆哮的同時，艾絲疾驅而出。

她以意志力壓制身體發出的呻吟，將所有精神力灌注在風上。

艾絲不顧一切衝向烏代俄斯，要和對手展開最後決戰。

「艾絲……？」

看到這副光景，里維莉雅茫然呆立原地。

她將小卒（地生人）趕盡殺絕、盡數驅散，並激烈起舞般躲掉倒樁、提著銀劍斬向漆黑骸骨。

發出吶喊般的風聲，艾絲正在削減自己的生命。

（更強……還要更強！）

手揮著劍，像是被某股力量推動。
腳踹著地，希望能夠快過一切。
心中高喊，像是對擁抱全身的狂風立誓。
（我要變得更強!!）
鉛墜般的四肢、痛苦喘息的喉嚨與肺、額頭流出的鮮紅熱血。
她對自己想要屈膝認輸的身體感到滿腔怒火。為什麼這麼脆弱？為什麼如此不堪一擊？
要怎麼做才能夠讓身心……
如同這把絕不會折斷的劍，如同這陣狂飆高傲的風一樣堅強呢？
（我必須——變得更強!!）
視野爆開白光，接著染成漆黑。
與眼前的強大敵人展開死鬥之餘，意識前往另一個不同的地方。
往胸口深處，往內心深處。
深深地，深深地墜落。
（還不夠，我……!!）
無法原諒。無法原諒。無法原諒。
艾絲無法原諒自己的弱小。
她比誰、比一切都無法原諒甘於弱小的自己。

（絕對要——）

艾絲很明白。

至今也是，今後也是。

自己前進的道路上將會不斷堆起大量的怪獸屍骸。

砍了又砍，砍倒牠們。

用堆積起來的屍骸堆成高山，攀越它的巔峰。

然後，在那前方。

在那遙遠的高處，有著——。

（我絕對，會奪回來!!）

奪回願望。

奪回渴望。

奪回宿願。

「——嗚啊啊啊啊啊啊啊啊啊啊啊啊啊啊啊啊啊啊啊啊!!」

忘記如何宣洩感情的喉嚨發出了咆哮。

渴望的吶喊促使她的手、腳、全身衝向極限的前方。

更快，更銳利，快如流星的斬擊，一道道斬斷受到震懾的烏代俄斯軀體。

然後，傾盡全力的一擊破壞了黑色大劍的劍尖。

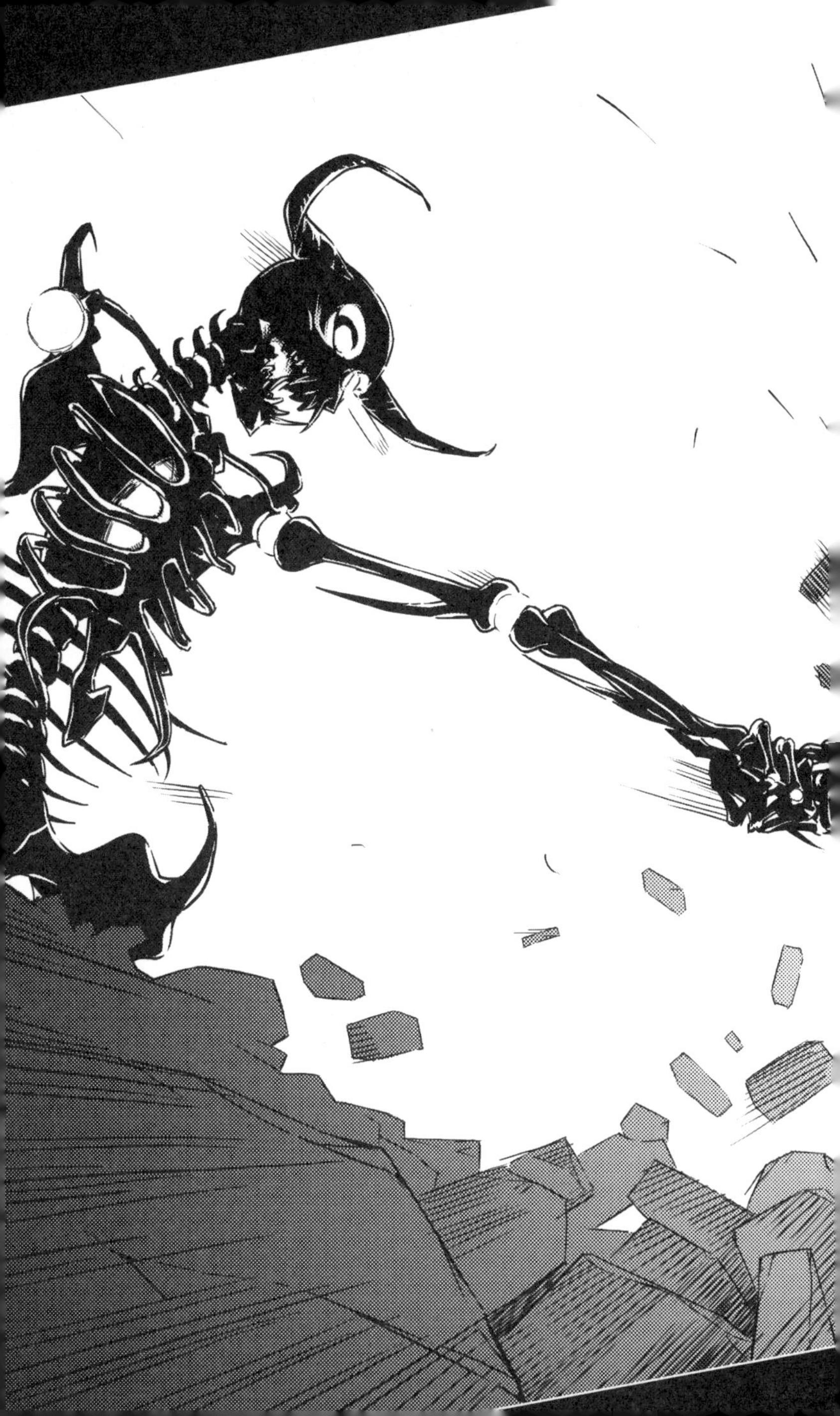

「咕嗚嗚嗚嗚!?」

烏代俄斯確實產生了懼意。

牠開始懼怕眼前的少女，懼怕身纏強風的孤傲劍士。

懼怕一瞬間殲滅了小卒（地生人）、在劍山中揮砍開路、一次又一次斬向自己的身影。

鮮血直流、骨頭裂開、身體即將化為風中之燭，然而【劍姬】的斬擊卻像海浪翻滾般增加著威脅性，讓牠恐惶悚懼。

彷彿顯示她甚至超越怪物的強大意志，未曾衰減的劍刃銀光閃了一下。

「——吼喔喔喔喔喔喔喔喔喔喔喔喔喔喔喔喔喔喔喔喔喔!?」

漆黑巨身一邊嘶吼一邊顫抖，像是要趕走內心的恐懼。

將渴望化為力量的敵人（艾絲）其速度已經抵達神域。烏代俄斯一累積「魔力」想使出大斬擊，敵人立刻化為一陣疾風要破壞牠的核關節，牠不得不中斷蓄力（charge）來迎擊。到了極限狀態（此時此刻），她連瞬間判斷力都變得清晰無比，不管是倒椿的劍山還是障壁，她通通都能在預測後閃避、突破，簡直超越了烏代俄斯的攻守能力。至於那些小卒（地生人），母胎（地下城）也已經來不及生產了。

最大的威脅是斬擊力道的沉重。

她的斬擊砍裂了烏代俄斯的肋骨，逼迫著體內的核心，而且連最硬的黑色大劍都被打碎了。

風力沒有極限。

「嗚嗚嗚嗚嗚嗚嗚嗚嗚嗚嗚嗚嗚！」

「!?」

烏代俄斯做出了賭注。

牠將鋪展於整間大廳地底的骨狀零件全數集中在自己前方，一齊射出了特大號的倒椿高山。

遇上數以萬計的槍矛集合一處、從點變成面的大規模廣範圍攻擊，艾絲暫停突擊並拉開一大段距離。

然後隨著「魔力」積蓄，剩下的最後一批劍山突出地表，將艾絲團團包圍。

「！」

高達十M、密不透風，好幾層柱子重疊而成的半圓形小牆壁。

這座只有前方敞開的牢籠是斷了艾絲退路的死巷。

牠不讓艾絲靠近自己懷裡拉開距離，又將她誘導至能夠攻擊的位置加以包圍。用盡所有倒椿的烏代俄斯把握著黑色大劍的左手拉往後方。這是重視一點破壞力與速度的突刺架式。

如今被關進半圓形死巷的艾絲只剩前方可以逃出生天，而她還來不及逃脫，黑色大劍已經發出一記突刺。

肩膀、手肘、手腕。看著左臂中光輝耀眼的三個藍紫色核心——艾絲橫眉豎眼。

她將膝蓋壓到最低，來了一個後空翻。

經過往後方高高飛舞的跳躍，她在半圓形死巷（牆壁）的上半部最深處著壁。

視線與因為驚訝而晃動的怪火（眼瞳）產生交集，她使出最大輸出，為發出哀嚎的身體賦予大氣流。

面對烏代俄斯的咆哮，以及隨著「魔力」爆發擊出的黑色大劍。

艾絲施展出一點突破的神風。

「微型勁風!!」

漆黑劍尖與螺旋風矢相互衝突。

必殺技與必殺技正面相撞。烏代俄斯的三個核心放射出宛如新星的莫大光芒，艾絲的氣流則是以遠遠超越暴風的超強規模瘋狂吹襲。

發出藍紫色光輝與強風衝擊波，兩道力量勢均力敵。

（風啊，風啊，風啊!!）

彷彿呼應著艾絲的吶喊，風增強了輸出力道。

徐徐被壓回的黑色大劍讓烏代俄斯的怪火(眼瞳)晃動起來，然後注入了更強的咆哮與「魔力」。核心光芒增強，兩者再度勢均力敵，這次換成艾絲表情扭曲了。

每次提升風力，自己的身體就像是要支離破碎了。每分每秒接近毀滅的崩潰足音讓她憂心如焚——就在下個瞬間……

「【集合吧，大地的氣息——吾名為阿爾弗】！」

清澈玲瓏的詠唱傳到艾絲身邊。

「【薄紗吐息】！」

「!!」

一片溫暖的翡翠光膜連同氣流將自己裹起來。

視線往旁邊一看，只見里維莉雅正好在烏代俄斯與艾絲的中間位置架起了法杖。

綠光的庇佑（薄紗吐息）。這是里維莉雅的輔助防禦魔法。

這件光之法衣能夠提升物理屬性與魔力屬性的攻擊耐力，進而保護賦予對象。類似附加魔法的效果會持續一段時間，還能稍微治癒身上的傷。

在里維莉雅的支援下，艾絲的身體恢復了些許活力。面對睜大的金色眼瞳，翡翠色眼瞳用憤憤的眼光示意她「這點支援總行吧」。與她四目交接片刻後，艾絲立刻轉回前方橫眉豎目。

藉由強風外擴散開來的光之法衣力量，敵人攻擊的威力減退不少。這樣的話一定可行——艾絲傾盡僅有的一點力量激發大風（風靈疾走）的力量。

「————!!」

霎時間，黑色大劍的劍尖遭到破壞，艾絲的風箭勝利了。

她勇猛飛向劍身的一半位置，像是要穿過它一般一口氣飛上空中。

風之閃光一直線衝向烏代俄斯的左肩，將其連同核關節一起炸碎。

「————!?」

烏代俄斯的左臂轟然脫落。

後方傳來淒厲慘叫，粉碎了敵人肩膀的艾絲身體恰如用盡力氣般失去氣流，魔法自動解除。

她一路下墜，連受身動作都做不動，就這樣直接墜落到地面。

「啊……!?」

艾絲的身體應聲倒地。

她瞬間閉上了仍然通紅的視野，但隨即又撐開眼皮。

透過地面，她能夠感受到怪獸痛苦掙扎的振動。理應全身瘡痍的艾絲，其身體在光之法衣的包裹下慢慢站起來。

（……不要緊。）

里維莉雅的魔法還有效。

所以。

再擠出一次力氣吧。

再稍微殊死奮戰一下吧。

打倒那名敵人，超越那名敵人。

變強吧。

為了告別現在弱小的自己。

「……【甦醒吧】。」

艾絲以微弱但清晰的聲音說出了這番話。

她穿戴起風之鎧甲回首身後。

面對失去雙臂連聲慘叫的漆黑大骸骨，她握緊了劍柄。

艾絲踏出了一步。

之後的戰鬥長達一個小時。

在負責對付小卒（地生人）的里維莉雅靜觀下，少女與迷宮之王互相廝殺，展開一進一退的攻防，持續上演著死鬥戲碼。

到了最後。

少女使出的斬擊畫出銀光，給了怪獸致命傷。

「喔喔喔喔喔喔喔喔喔喔——…………」

破損的下顎、碎裂的好幾根肋骨、折斷的頭部犄角。

全身上下滿是裂痕的烏代俄斯從暴露在外的口腔內部迴盪著嘶啞慘叫，並在同時慢慢倒向地面。

漆黑的巨體從終於被切斷的腰椎後仰傾倒，掀起了大片煙塵崩落地面。

「……」

血漿凝固的容顏如夜間海浪般靜謐，艾絲走向了烏代俄斯。

怪獸與連接地底的骨盤分了家，已經無法再打出倒樁了。像是訴說著激鬥過程，又像是獻給喪命的白骨戰士們，好幾座漆黑墓碑傾斜著突出地面。艾絲穿過無數黑柱跳上了怪獸的胸膛。

失去雙臂的烏代俄斯其怪火（眼瞳）隨時就要熄滅。在陰暗眼窩深處，朱紅火焰微微晃了一下，無力望著自己胸膛上的艾絲。艾絲站立的堅牢胸骨早已龜裂，存在於其下方的巨大「魔石」忘記了眩目的光輝，此時帶著即將消失的薄光。

艾絲無言地雙手握住《絕望之劍》，劍刃前端有如衝天般朝上。

銀劍捲起強風氣旋。高舉過頭的一擊靜靜往腳邊刺下。

「————」

龜裂的胸骨被打碎，風之斬擊到達「魔石」。

表面碎裂的藍紫大結晶冒出整片裂痕，然後發出尖銳聲響破碎四散。

下個瞬間，烏代俄斯全身崩解了。漆黑骨骼化為塵土像海浪般「唰」的一聲在地面擴散開來。

周圍的漆黑墓碑也應聲崩落並消失不見。

「……」

在一切宣告尾聲的戰場上，艾絲無力地放下右手的劍。

籠罩在大廳的昏暗中，如夢似幻的金髮光彩以及從未暗沉的劍刃銀光閃閃發亮。

站在大量塵土與怪物死屍上的她慢慢仰望頭頂。

額頭出血的臉龐與護胸血紅一片。

沉默無語的她彷彿失了魂似的，只是仰望著黑暗充塞的天花板。

「……」

「……里維莉雅。」

艾絲收劍入鞘，下到地面，此時里維莉雅走上前來。

艾絲像挨罵的孩子般，視線稍微往旁邊晃了一下，停下腳步的里維莉雅什麼也沒說，只是將手放在她受傷的額上。

「不要動。」

艾絲正想說些什麼，里維莉雅嘴唇交織的詠唱文堵住了她的嘴。

回復魔法發動。以撫摸著額頭的手為中心出現了綠光，逐漸治癒了艾絲的傷。觸碰著額頭的手指與那道光讓艾絲暫時閉起了雙眼。

等傷治好了，里維莉雅撕開自己的一級品防具聖布（衣服）硬是按在艾絲臉上，拭去了她臉上的血汙。

面對有點……不，相當用力地擦拭的聖布，艾絲閉起一隻眼睛，讓柔軟的臉頰被她按來按去，任由她隨意擦拭。

「……」

「……」

大致上把臉擦過一遍後，里維莉雅放下手來與艾絲對上視線。

艾絲默默地抬眼，看著身高比自己還高的精靈眼瞳。
「發生什麼事了。」
她既不是申斥，也沒有責備，只是詢問著自己，這點讓艾絲睜大了雙眼。
面對那彷彿要訴說什麼的透明眼神，艾絲感到一陣揪心，然後低下頭去，靜靜地開始解釋。
她講起之前被問到也絕不肯鬆口的「里維拉鎮」事件。
她將與那個紅髮馴獸師發生的事情一五一十說了出來。
「那個人，叫我……『艾莉亞』。」
一告訴里維莉雅的瞬間，她瞪大了眼睛。
她說不出話來，右手遮嘴掩飾動搖，並做出了沉思的動作。
隔了一段時間，里維莉雅終於放開了手，她似乎終於明白艾絲性情大變的理由，並小小地嘆了口氣。
然後她注視著少女。
「艾絲，我不可靠嗎？」
「！」
艾絲抬起頭來欲言又止，里維莉雅再往她走近一步，撫摸著她的金髮。
近在眼前注視著自己，有如母親般的眼神與動作，還有溫暖。艾絲承受不住，垂下眼睛。
「我……不，蒂奧涅與蕾菲亞她們，她們也都把妳當成一家人。」

那份溫情滲透了艾絲的內心。

頑固緊綑的鎖鏈解開，一顆心獲得擁抱。內心深處燃起的黑色火焰靜靜被澆熄。

梳理頭髮的溫柔手指打動了艾絲的心。

「妳不再是一個人了。這點別忘了。」

「……嗯。」

接觸到里維莉雅可稱為愛的溫情，艾絲隱藏起搖曳的雙瞳點了點頭。

她淡淡染紅了雙頰，最後戰戰兢兢仰望著她的臉龐。

「里維莉雅……」

「什麼事？」

「……對不起。」

無聲無息地。

里維莉雅的嘴唇綻出笑容。

艾絲被她輕輕拍打了一下，兩手按著頭愣在那裡。

因為除了挨過好幾次的拳頭（責罵）外，里維莉雅從來不做這種事的。

看著睜圓眼睛的艾絲，里維莉雅再次微笑。

「魔石已經夠多了，還產生了大量的掉落道具呢。艾絲，妳來幫我。」

「……我知道了。」

里維莉雅走向埋在烏代俄斯所化塵土裡的魔石，艾絲跟了上去。

兩人費了好大的勁收拾戰利品，將怪獸解體、塞進蕾菲亞她們留下的背包。

里維莉雅揹起行囊，兩個人離開了大廳。

她們晃著翡翠色的長髮以及金色的長髮。

像母女一樣並肩而行、踏上歸途。

終章
突然的再會

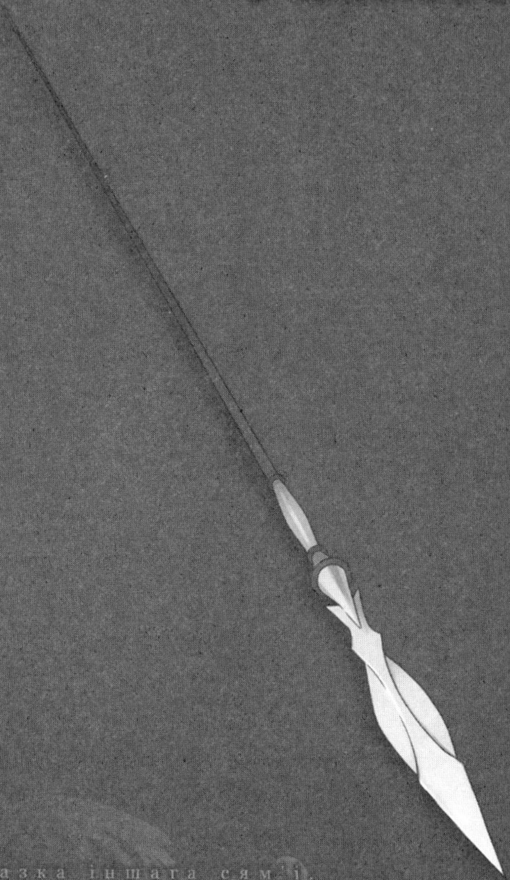

Гэта казка іншага сям'і.

Рэюньён раптам

擊破烏代俄斯離開第37層的艾絲她們花了大約三天的時間到達地下城的「上層」。

由於兩人選擇了最短路線，又有里維莉雅掩護消耗了力量的艾絲圓滑地應戰，兩人從「深層」脫身前往「下層」再到「中層」的腳步還算快。此外兩人還在第18層的「里維拉鎮」好好休息了一下，因此並沒有特別疲勞。

艾絲她們現在正在第6層當中前進。

「艾絲，那個掉落道具留在那裡真的好嗎？」

「嗯……反正我不太會用大劍。」

艾絲回答里維莉雅的問題。

她們在講放在「里維拉鎮」的「烏代俄斯的黑劍」。

在擊破怪獸後與魔石一併留下來的掉落道具當中，讓艾絲吃盡苦頭的那把又長又大的黑色大劍也沒有化為塵土消失，變成了戰利品讓兩人撿到。不過，經歷激烈戰鬥後，包括刀鋒在內的各個部位都有破損，變成了冒險者剛好可以運用的劍身(尺寸)。

艾絲她們帶著這個戰利品進入「里維拉鎮」後，鎮上陷入一種狂熱氣氛。聽到樓層主的未確認掉落道具——入手條件為一對一(少數人)將其逼入絕境——的消息，鎮上群情激動。

看到這把不輸給高級鐵匠一級品裝備的怪獸鋒利武裝(掉落道具)，過去曾經想要成為鐵匠的柏斯甚至還感動得落淚。

他這個武器狂再三懇求、發誓一定會把這個掉落道具打成武器後，艾絲便將該道具委託給他保管，當作是下次探索的備用品。

「況且，那個馴獸師也許還會來襲……他說有強悍的武器，會比較安心。」

「真是說的比唱的好聽……」

這句話根本用回他自己身上了。里維莉雅吐出一口氣，嘟噥著柏斯曾經說過的台詞。

她幾乎可以想像他此時摩娑著黑色大劍笑得樂不可支的表情。

「……？」

「怎麼了，艾絲。」

兩人不久來到第5層，走了一會兒後。

艾絲發現大廳（窟室）中有名冒險者獨自躺著。

「有人倒在地上。」

「被怪獸打敗了嗎？」

正當里維莉雅眉目之間顯出憂慮時，艾絲走向了冒險者。在壁面染成淡綠色的寬敞「窟室」中央，那名人物倒臥在地面。

越是靠近，艾絲雙瞳中的驚訝色彩越是濃厚。

像是初級冒險者的輕裝、尚未成熟的纖細身軀，還有如初雪般的白髮。

倒地的冒險者正是艾絲期盼能夠再會的白兔（少年）。

「沒有外傷，也不需要治療或解毒……是典型的精神疲憊（mind down）。」

里維莉雅跪下來替少年診斷，得出了讓人失去緊張感的結論。

艾絲在她身後呆滯地，或是專注地盯著那頭白髮，不禁輕聲低喃。

「這個孩子……」

「怎麼，妳認識他嗎，艾絲？」

「不，我沒有直接跟他講過話，不過……他就是那個，之前我提過的彌諾陶洛斯……」

「……原來如此。就是那個笨蛋譏諷過的少年啊。」

艾絲之前曾經向里維莉雅坦白說過酒館發生的事情。

她一邊對伯特的所作所為大為嘆氣，一邊恍然大悟地將視線轉回少年身上。

至於艾絲，她早就想向少年賠罪了，再加上看到少年現在的模樣，輕聲說出了心中的真實想法。

「里維莉雅。我想，向這個孩子贖罪。」

「……沒有別的說法嗎？」

以前里維莉雅曾經問過自己「妳想怎麼做？」，艾絲覺得自己清楚回答了那個時候的答案，但她卻嘆著氣說「這樣太僵硬了」。

奇怪？艾絲眨著眼睛。

「好吧，總之現在作為應有的禮儀，我們理應出手相助……」

正當不住點頭的艾絲與里維莉雅一起俯視著少年時……

好像在思考些什麼，這位精靈女子側眼瞄了艾絲一下。

「……艾絲，我現在要妳對這少年做一件事。要贖罪，我想這樣子就夠了。」

「什麼事？」

艾絲一問，里維莉雅語氣輕鬆地告訴她：

「讓他枕著妳的大腿睡覺，直到他醒來為止。」

艾絲再度眨眨眼。

「……這麼簡單就可以嗎？」

「我無法解釋清楚，不過，至少妳也在這裡保護了他，應該沒有義務做更多了吧。……何況只要妳這麼做，沒有男人會不高興的。」

「我不太明白……」

「不明白也沒關係。」

她仰望艾絲，低垂著眉毛像在苦笑，艾絲沉思暗想，這麼做真的好嗎？不過，里維莉雅向來很少說錯什麼。

「嗯……」，她在感情淡薄的表情底下稍微陷入沉思時，里維莉雅慢慢地站了起來。

「我回去了。留下來也只會妨礙你們吧。你們兩個人獨處，這樣才能夠做個了斷。」

「嗯。謝謝妳，里維莉雅。」

「嗯。」

艾絲道謝後，里維莉雅便離去了。

這裡已經是「上層」了。她知道無論如何艾絲都不會有危險，所以並不擔心，反而是貼心地離開了。

目送她的背影，艾絲再度注視著倒地少年的後腦杓、彎下膝蓋。

她戰戰兢兢地一個人彎下了腰。

◆

抱著法杖、行囊在地下城前進的里維莉雅想起少年與被她留下的艾絲臉龐。

她一瞬間趕跑了擋路的蛙型怪獸「青蛙射手」。

（如果能夠往好的方面發展就好了……）

里維莉雅很關心艾絲的心靈狀態。

自從與紅髮馴獸師接觸以來，少女的身心總是沒能取得平衡，甚至還一度驅使她獨自擊破樓層主。

里維莉雅認為自己已經除去她內心的沉澱物，不過比起平時，她似乎還有一點不安定的地方。

即使只有短暫時間也好，察覺到艾絲內心動向的里維莉雅希望她與少年的接觸能夠讓她暫且

（再來就看如何進展了……）

忘卻內心的煩惱。

「況且……」

里維莉雅微妙察覺到，與那名少年接觸這件事在艾絲心中產生了不小的變化。

里維莉雅也有些期待，或許這樣真的能夠改善她盲目的個性。

「……也罷，總不會往壞處發展吧。」

她樂觀地喃喃自語，心想：那名少年總不至於逃之夭夭吧。

◆

「……」

壓在纖細大腿上的重量總讓她覺得有點新鮮。

讓少年枕著大腿的艾絲靜靜俯視著他此刻闔起眼瞼的容顏。

（……好像，有點難為情呢。）

將少年的頭放在自己大腿上，這才讓未經世故的她感到有點害羞。

自己與他的姿勢讓艾絲雙頰淡淡飛紅，身體輕輕扭動了一下。那個動作又輕、又柔，以免自己擾動到沉睡的白兔。

「……」

怪獸好幾次襲向光明正大在地下城正中央睡大腿給人看的艾絲他們，不過她只用不帶任何衝擊力道的反手揮，利用斬擊收拾掉了怪獸。

持續守護著少年，艾絲從上到下打量著他的身體。

「……有在，努力呢。」

身上穿的防具似乎跟以前看到的輕裝不同。

不過這套防具上也已經留下了擦傷或缺口等痕跡，看得出來用得很凶。他一定是每天都鑽進地下城跟怪獸拚鬥吧。艾絲默數著被爪子、牙齒削割出來的所有痕跡，並猜想一定是這樣。

接觸到少年令人欣慰的努力模樣，還有純粹的心思，一顆心逐漸變得透明起來。

好白、多麼潔白。

跟自己不同，那種純白無瑕的專一心意彷彿洗滌了她的內心。殘留在內心深處的黑色餘火此時完全消失了。

連艾絲本人都沒有發現，自己的嘴唇綻開了。

純白的白兔漸漸療癒著她。

艾絲變得有點想要摸摸他，手指輕輕撫過那兔子般的頭髮以及額頭。

「……媽媽？」

溫柔地摸了一會兒，少年的嘴唇張開了。

聽見那意識朦朧的低喃，艾絲的肩膀晃了一下。

（……你也，沒有媽媽嗎？）

內心的聲音沒有得到答案。

金色眼眸靜靜低垂下來。

（我們，很像呢……）

發覺到不能夠產生出來的親近感，還有些許的寂寥感受後……

艾絲輕輕撩開白色瀏海道了歉。

「對不起。我不是你媽媽……」

話音甫落，睡眼惺忪的深紅（rubellite）眼瞳大大睜了開來。

那雙眼睛花了一段時間產生醒轉的光彩，與艾絲俯視著的金瞳直勾勾四目交接。

視線產生交集，少年啞然無語、彷彿時間暫停一般，艾絲再度輕輕摸摸他的臉龐。

艾絲梳梳他的頭髮、觸碰到他的眼瞼，最後他終於慢吞吞撐起了身子。

儘管漸漸遠離腿上的溫暖讓她有點不捨，不過她放棄了。

他還坐在地上，並轉頭朝向艾絲。

「……幻覺？」

「……不是幻覺喔。」

少年一臉呆相指著艾絲，讓她不禁有點不高興。眉毛稍微往上斜了一點，做出了平常不會讓人看見的表情。

你這樣講不會有點沒禮貌嗎？

只差沒有嘟起嘴來，在這短短時間內已經收穫良多的艾絲盯著少年的臉龐。

（……怎、怎麼了？）

深紅眼瞳與金色雙眸交錯了一會兒，見他動也不動，艾絲開始慌張了。

自己是不是做錯了什麼事？雖然沒有露出多大表情，但是她內心卻有個年幼的艾絲抱著頭，最後甚至不知所措地蹦蹦跳起來。無言像石頭一樣僵住的白兔（少年）頭髮有如長耳朵般晃了一下。

——對了，我得道歉才行。

起了這個念頭的艾絲正要開口時……

少年脖子以上眼見著越來越紅，當艾絲察覺到他的異狀時，眼前已經出現了一顆熟透的紅蘋果。

少年美麗的深紅眼瞳裡頭變得像紅蟲一樣亂七八糟纏成一團。

艾絲真的開始擔心了，正要慌張地問他怎麼了——少年猛然站起身來。

然後……

「——啊啊啊！」

他卯足全力逃離艾絲。

「…………」

就像蹦蹦跳跳逃跑的兔子，少年用這樣的速度從大廳消失了。

艾絲還維持著讓他躺大腿的姿勢僵在原地、完全無法動彈。

從某處彷彿傳來了怪獸「咕耶！咕耶！」的笑聲。

「……為什麼，每次都要逃走？」

艾絲變得有點想哭。

在地下城尋求邂逅是否搞錯了什麼 外傳

LEFIYA VIRIDIS

Гэта казка іншага сям'і.

蕾菲亞・維里迪斯

隸屬	洛基眷族		
種族	精靈	職業	冒險者
到達樓層	第 51 層	武器	法杖
所持金錢	910000 法利		

Status　Lv.3

力量	179	耐久	H107
靈巧	H184	敏捷	G226
魔力	C688	魔導	H
異常抗性	I		

魔法	靈弓光矢	・單射魔法。 ・自動追蹤瞄準對象。
	齊射火標槍	・廣域攻擊魔法。 ・火屬性。
	精靈之環	・召喚魔法（Summon Burst）。 ・僅限發動精靈魔法。 ・行使條件為完全掌握詠唱文及對象魔法效果。 ・會消耗召喚魔法與對象魔法的精神力。
技能	妖精追奏（Fairy Canon）	・魔法效果增幅。 ・僅限攻擊魔法，強化加成加倍。
裝備	森林淚滴	・魔導士專用法杖。可提高魔法威力。 ・作為打擊武器的性能很低。 ・安裝於法杖前端中心的魔寶石會對裝備者的魔力起反應並發出蒼白光芒。 ・37800000 法利。
	白銀髮束	・銀製髮飾。重量輕。 ・幾乎不具備防禦力。 ・蘊含保護之力的冒險者用護身配件（accessory）。抗麻痺效果。

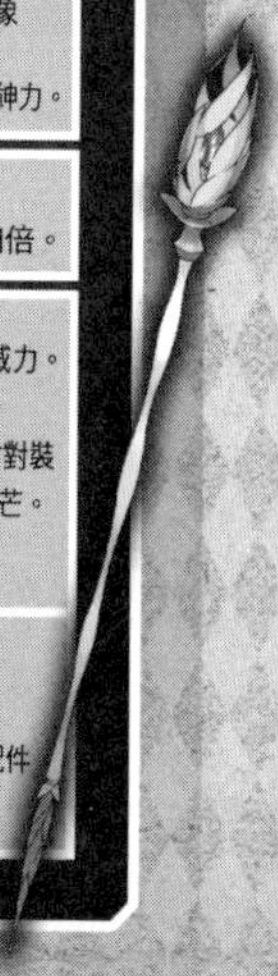

後記

這是衍生系列的第二集——不過，角色人數已經相當多了。本傳預定登場的角色紛紛在本作偷跑，讓我頭痛之餘，也深切體會到外傳作品的困難之處。

雖然這些男生、女生爭先恐後搶著出場，不過等他們終於在本傳登場時，還希望大家能夠給予他們關愛的眼光。

換個話題，在磋商討論這集的內容時，我跟責編大人不知道怎麼的聊起殭屍大量出現的某驚悚動作冒險遊戲二代的話題聊得相當起勁。我自己遊戲玩得很笨，所以只是在一旁看著朋友玩；不過相對的，我對看攻略本一事卻相當熱中，因此對故事劇情莫名熟悉。

那款遊戲被分成「男主角篇・表」、「女主角篇・裡」這兩個部分，採用了所謂的登場人物切換系統（Zapping System），好像是男主角篇沒有使用的武器、道具可以在女主角篇裡面使用，反之亦然……的樣子。

本作也同樣分成了男主角的本傳與女主角的外傳，而且故事舞台是共用的，因此也點燃了我想要玩樂其間的心。記得我們倆一邊討論一邊開心地說：「讓男主角裝備女主角沒使用的武器吧！」，那個時候才剛決定本傳第五集與這本外傳第二集要在兩個月內連續發行。

看過本傳第五集之後再看外傳第二集，或是看完這集之後再看第五集，也許就會讓各位會心一笑吧。

我會留心不要以「每位讀者都有看外傳」這點為前提來發展本傳，同時今後也希望能夠不著痕跡地偶爾在故事裡面穿插些這種類似場面。

接著還容我進入謝詞部分。

編輯部的小瀧大人、高橋大人，感謝兩位繼續監督這集的原稿，真是受兩位照顧了。每當作品像這樣成為一本書籍發行上市，兩位提供的建議與許多感想總是讓我獲益良多，每天都有所體會。繪師はいむらきよたか老師，您以精美繪圖讓作品變得魅力洋溢，甚至超越了筆者的最大力量，真是感激不盡。此外，我還要向支持本作的眾多相關人士以及各位讀者們表達最誠摯的謝意。

今後也請各位多多指教。

那麼再見了。

大森藤ノ

在地下城尋求邂逅是否搞錯了什麼 外傳 劍姬神聖譚2

原書名：ダンジョンに出会いを求めるのは間違っているだろうか外伝 ソード・オラトリア2

作者：大森藤ノ
插畫：はいむらきよたか　角色原案：ヤスダスズヒト　翻譯：可倫

2015年10月25日　初版一刷發行

發行人：黃詠雪
副總編輯：洪宗賢
責任編輯：洪宗賢　責任美編：廖珮伊

國際版權：劉瀞月

出版者：青文出版社股份有限公司
住　址：10442台北市長安東路一段36號3樓
電　話：（02）2541-4234
傳　真：（02）2541-4080
網　址：www.ching-win.com.tw

法律顧問：敦維法律事務所　郭睦萱律師

製版所：嘉陽印刷事業有限公司
印刷所：立言彩色印刷有限公司

國家圖書館出版品預行編目資料

在地下城尋求邂逅是否搞錯了什麼. 外傳, 劍姬神聖譚 /
大森藤ノ作；可倫翻譯. -- 初版. -- 臺北市：青文, 2015.10-
冊；　公分
譯自：ダンジョンに出会いを求めるのは
間違っているだろうか. 外伝, ソード.オラトリア

ISBN 978-986-356-282-5(第2冊：平裝)

861.57　　104016783